「領主にいくら払えば
ミノさんの一族の
移住を認めて
もらえると思う？」

「わざわざ移住させるより奴隷を買った方が楽だと思うわ」

JN035024

クロの戦記6

異世界転移した僕が最強なのはベッドの上だけのようです

「異議ありだ！
ハーフエルフッ！」
円卓会議、開幕！

「何がでしょう、皇女殿下?」
クロノとの夜伽を求める女たちの

「ご奉仕させて頂きます」
そう言って、レイラはゆっくりと腰を下ろした。

クロの戦記6

異世界転移した僕が最強なのは
ベッドの上だけのようです

サイトウアユム

HJ文庫
933

口絵・本文イラスト　むつみまさと

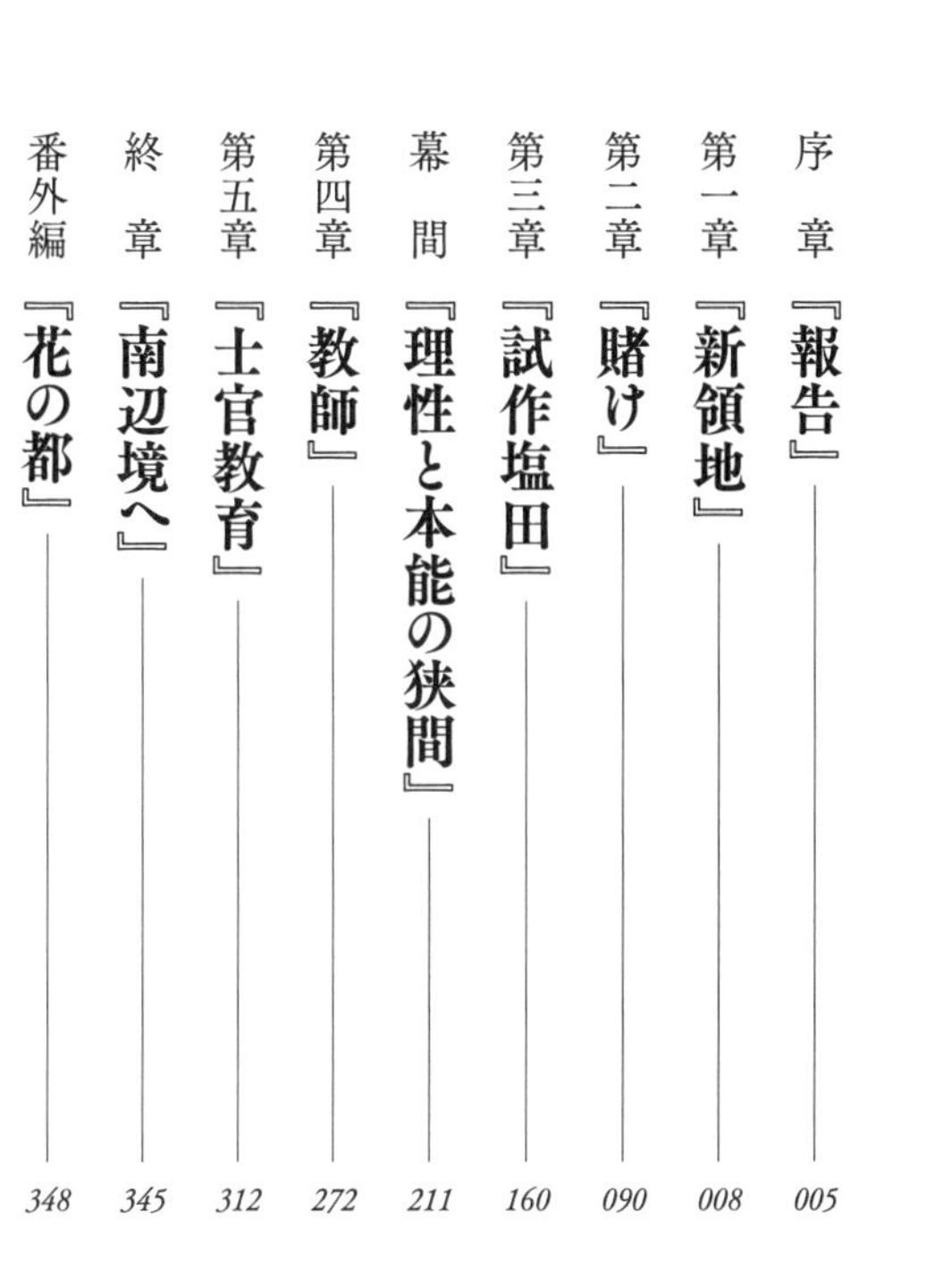

Record of Kurono's War
isekaiteni sita boku ga saikyou nanoha
bed no uedake no youdesu

序章『報告』

独立暦四三一年三月上旬——エレインは扉を見上げた。精緻な細工の施された扉だ。作られてから長い年月が経っているのだろう。精緻なだけではなく風格を感じさせる。どれくらい扉を見上げていただろう。不意に小さな音が響く。何かが軋むような音だ。扉がゆっくりと開く。すると、そこには十一人の男がいた。自由都市国家群の重鎮達だ。馬蹄型の机に座り、エレインを見ている。見ているだけだ。誰も口を開こうとしない。しばらくして中央の席に座る男——イーメイの国家元首ソークが口を開いた。

「……入れ」

「お邪魔するわね」

扉を潜り、適度な距離を置いて立ち止まる。ここは自由都市国家群の重鎮が集う場だ。エレイン——娼婦ギルドのギルドマスターの席はない。ギルドマスターといっても特定の職業を纏めているだけという理由からだ。それなら、と末席を見る。そこには頬に入れ墨のある男と太った男が座っている。

傭兵ギルドのギルドマスター・シフと奴隷商人の元締め・アルジャインだ。

この二人にも同じことが言えるはずだが——。

多分、娼婦あがりの女を末席にでも加えたくないのだろう。

「わざわざ呼び出すなんて、どんな用件かしら？」

「エラキス侯爵の件だ」

ソークが溜息を吐くように言うと、シフとアルジャインがわずかに身動ぎした。

「報告書は送っているのだけれど……。もしかして、読んでいないのかしら？」

「読んでいるが、直接話を聞きたかった。エラキス侯爵はどんな人物だ？」

やっぱりそうくるわよね、とエレインは内心苦笑した。

現在、ケフェウス帝国にはエラキス侯爵領で作られた紙が流通している。

市場規模からすればわずかな量だが、量の多寡は問題ではない。

独占的な販売体制が崩れたことが問題なのだ。

いずれ、自由都市国家群は既得権益を失う。

その原因となったエラキス侯爵——クロノを警戒するのは当然のことだ。

なんと答えるか考えていると、ソークが再び口を開いた。

「エラキス侯爵はどんな人物だ？」

「エロガキよ」

エレインの言葉に自由都市国家群の重鎮達は失笑した。だが、ソークは笑っていない。

それに気付いたのだろう。重鎮達は表情を取り繕った。

「奴隷市場では奴隷の胸や股間をじろじろ見てたし、接待の時なんて——」

「もういい」

さらに続けるが、ソークはエレインの言葉を遮った。時間の無駄と判断したのだろう。

「ご苦労だった。退室を許可する」

「じゃ、お暇するわね」

エレインは踵を返し、部屋を出た。背後から重々しい音が響く。扉が閉じる音だ。

少し惜しかったかしら、と髪を掻き上げる。ソークはクロノの情報を欲していた。

不完全な情報でも提供すれば覚えが多少よくなったはずだ。そんなことを考えて嗤う。

もらえたか分からない餌のことを考える。使いっ走りが板に付いてきたものだ。

もちろん、いつまでも使いっ走りでいるつもりはない。だが、今はチャンスを窺う時だ。

状況を見極め、時が来たら動く。そうしなければ叩き潰される。それはさておき——。

「……エラキス侯爵領に戻るのって大変なのよね」

エレインは小さく溜息を吐いた。

第一章　『新領地』

帝国暦四三一年三月上旬――ヒャッハーッ！　とアリデッドは声を上げながらベッドにダイブした。干したばかりなのだろう。新しいシーツはお日様の匂いがした。新しいのはシーツだけではない。布団、ベッド、机、イス、タンス――この部屋、いや、この建物とその中にある全てが新しい。新兵舎がついに完成したのだ。

「副官と百人隊長は個室だなんて今日ほど役職のありがたみを感じたことはないし。レオやホルス、リザドにもこの幸せを味わって欲しかったみたいな」

「……お姉ちゃん」

アリデッドがシーツに頬ずりしながら呟くと、地の底から響くような声が聞こえた。体を起こして声のした方を見る。すると、扉の近くにデネブが立っていた。大きめのリュックを背負い、両手に手提げ袋を持っている。

「どうかしたみたいな？」

「ここは私の部屋なんだけど……」

アリデッドが小首を傾げて尋ねると、デネブは呻くように言った。気持ちは分かる。新品のベッドにダイブされたら自分だって不機嫌になる。だが――。

「愛人になった途端、私とか言い始めて姉妹の絆は死にましたみたいな！」

「またそんなことを言って……」

デネブは溜息交じりに言うと机の上に荷物を置いた。それからイスに座る。

「それにしてもすごい荷物だし。何が入ってるのみたいな？」

「新しく買った服と下着、あと本」

「クロノ様に好かれるためにそこまでするとは意外な一面を見たみたいな」

「普通だと思うけど……。ところで、お姉ちゃんは荷物を運ばないの？」

「デネブがえっちらおっちら荷物を運んでる間に運び終えたし」

え⁉　とデネブが驚いたように目を見開く。何をそんなに驚いているのだろう。

「元々、そんなに荷物はないし。大事なものといえばピクス商会で買った本くらいだし」

「本？　ああ、あの白紙の……。でも、何か書いてる所を見たことがないんだけど？」

「チッ、チッ、チッ、そこが妹の妹たる所以みたいな」

アリデッドは人差し指を立て、左右に振った。すぅ、と息を吸う。

「タイトルは書いたみたいな！」

「タイトルだけ？　中身は？」

「未来のあたしに託したみたいな。きっと、見事な文章を書いてくれるはずだし」

「未来のお姉ちゃんも、未来の未来のお姉ちゃんも同じことを言ってると思う」

「失礼なことを言いますねみたいな！」

アリデッドは声を荒らげ、再びベッドに横になった。

「仕事して、勉強して、さらに文章を書くとか無理難題だし」

「でも、レイラはやってるんだし、お姉ちゃんも頑張ろうよ」

「レイラはレイラ、あたしらはあたしらみたいな。クロノ様はお馬鹿なあたしらを好きになってくれたんだからお馬鹿であるべきみたいな」

「お馬鹿なあたしらって、私はお姉ちゃんに合わせてるだけなんだけど……」

「期待される姿を見せるのも愛人の務めだし」

「そうかな？」

「そうだしそうだし」

う～ん、とデネブは唸り、それもそうかもという表情を浮かべた。チョロすぎる。

「だから、一緒に駄目になりましょみたいな？」

「嫌！　クロノ様に駄目な娘だと思われるのは嫌ッ！」

アリデッドが手招きすると、デネブは激しく首を左右に振った。

「そんなことを言っても体は怠けたがってるみたいな。我慢は体によくないし～」

「うッ、それはちょっとあるけど……」

は～、とデネブは深い溜息を吐き、イスの背もたれに寄り掛かった。

「レイラはすごいよね」

「ま、まさか、レイラに下剋上？　職場で陰湿な真似は勘弁して欲しいみたいな」

「そんなことしないよ。ただ単純にすごいなって」

「さっきも言った通り、比べても仕方がないし。上を見上げても絶望が増すだけだし」

「絶望っていうほど差はないと思うけど……」

デネブが弱々しく反論する。どうやら自分が易きに流れるタイプという自覚がないらしい。それはさておき――。

「そういえばレイラは何処みたいな？」

「レイラならクロノ様と一緒にカド伯爵領の視察に行ったよ」

デネブはイスの背もたれに寄り掛かったまま答えた。

「レイラも、クロノ様もタフだし。それで、何を視察するのみたいな？」

「それは分からないけど、シルバを連れて行ったから建物を建てるつもりじゃないかな」

「シルバ？　ああ、ゴルディの弟さんねみたいな。新兵舎が完成したばかりなのにもう仕事だなんて兄弟揃って タフみたいな」

「ゴルディはタフってレベルを超えているような気が……」

確かに、とアリデッドは頷いた。ゴルディは朝から晩まで働いている。本人は満足そうだが、何とも言えない気分にさせられる。そんなことを考えていると――。

「あッ！」

「なに、どうしたのみたいな⁉」

突然、デネブが声を上げ、アリデッドは飛び起きた。

「そういえばフェイ達も一緒だったなって」

「何だ、そんなことかみたいな」

アリデッドは再びベッドに横たわった。

「あと、姫様も一緒」

「それは超危険みたいな」

デネブがぼそっと言い、アリデッドは呻いた。レイラとティリア皇女はクロノと関係を持っているのだ。流石に喧嘩になることはないと思うが――。

「無事に戻って来て欲しいみたいな」

アリデッドはクロノの無事を祈った。折角、神聖アルゴ王国から生還したのに痴情のもつれで死ぬなんて笑い話にもならない。

※

荷馬車は海沿いの道を北へ、北へと進んでいく。西には海が、東には荒れ地が広がっている。寒々しい風景だが、春が近いこともあってか暖かい。

ぽかぽかしていい陽気だな～、とクロノが荷台でそんなことを考えていると――。

「いい陽気だな」

隣でティリアがぽつりと呟いた。やや遅れて、クロノを挟んで反対側に座っていたレイラが動く。心臓の鼓動が跳ね上がる。だが、レイラは身動ぎしただけだった。

クロノはホッと息を吐いた。両手に花のはずなのに落ち着かない。戦場で敵軍と睨み合っているかのような緊張感だ。何が悪かったのだろう。ティリアの新しい軍服を誉めたことだろうか。それとも、レイラの肩を借りてうとうとしたことだろうか。分からない。分からないが、このままでは精神が保たないことは分かる。

誰かこの緊張感を和らげてくれないだろうか、と視線を巡らせる。フェイ、アルバ、グラブ、ゲイナーの四人は周囲を警戒するために荷馬車と距離を取っている。サップは御者の仕事に専念しているし、シルバはその隣で羊皮紙と周囲の地形を見比べている。エリルはクロノの対面で本を読んでいる。我関せずと言わんばかりの態度だ。助けは望めそうにない。クロノが深い溜息を吐くと、ティリアが再び口を開いた。

「話には聞いていたが、本当に何もない所だな」

「カド伯爵領に詳しいの？」

「これでも、皇女だからな」

ふふん、とティリアは得意げに鼻を鳴らした。

「カド伯爵領の特産品とか知らない？」

「歴史と成り立ちについては知っているが、あとは漁村が点在することしか知らん」

「それじゃ何も知らないのと一緒だよ」

「歴史と成り立ちについて知っているんだから何も知らない訳じゃないぞ」

クロノが溜息を吐くと、ティリアはムッとしたように言い返してきた。

「歴史と成り立ちについてなら何でも答えられるぞ。さあ、質問してみろ」

「じゃあ、名前の由来は？」

「うん、それなら簡単だ。初代皇帝がカド伯爵領を版図に加えた時……といってもその時はカド伯爵領と呼ばれていなかったが、『ここはカドだ』と言ったんだ」

　ふ～ん、と相槌（あいづち）を打ち、帝国の地図を思（おも）い浮かべる。カド伯爵領は帝国の北西端に位置し、その先には広大な原生林が広がっている。

「ああ、帝国の北西端だからカドね」

「カドの意味が分かるのか？」

「うん、まあ、日本語だし」

「そうか。きっと、含蓄（がんちく）に富む言葉なのだろうな。それで、どういう意味なんだ？」

「えっと、図形の……たとえば三角形や四角形の尖（とが）っている部分を何て言うでしょう？」

「頂点か？」

「いや、もっと単純な感じで」

「単純？」

「もしかして、角（かど）でしょうか？」

　ティリアが不思議そうに首を傾げると、レイラがおずおずと口を開いた。

「はは、何を言うかと思えばそんな訳がないだろう。なあ、クロノ？」

「……」

「嘘（うそ）だ！　嘘だと言ってくれッ！」

クロノが黙っていると、ティリアは肩を掴んで揺さぶってきた。

「…………誠にござる」

「そ、そんな！　初代皇帝がそんな安直なネーミングをするなんて……」

長い長い沈黙の後で答える。よほどショックだったのだろう。ティリアはがっくりと頭を垂れた。嘘を吐いた方がよかったかな、と考えていると――。

「あの、皇女殿下？」

「何だ？　私はショックを受けている最中だぞ」

レイラがおずおずと声を掛けると、ティリアは拗ねたような口調で答えた。

「皇女殿下は、その、クロノ様の話を信じていらっしゃるのですか？」

「クロノの話？　ああ……」

ティリアはチラリとエリルに視線を向ける。今更なような気もするが、監視役の前でクロノが異世界から来たことを口にするのはマズいと考えたのだろう。

「信じてるぞ」

「それは何故ですか？」

「皇室には言い伝えがあるんだ」

「言い伝え？」

「……初代皇帝は異なる世界からやってきた黒髪の男という伝承がある」

レイラが鸚鵡返しに呟くが、答えたのはエリルだった。

「どうして、知っているんだ？」

「……割と有名な伝承」

エリルがぼそっと呟き、ティリアはそっと腰の短剣に触れた。口を封じる気だろうか。

「もし、クロノが異世界からやって来たと言ったらどうする？」

「……信じない。仮に証拠を見せられたとしても吹聴はしない」

「それはどうしてだ？」

「……正気を疑われる。監視役どころか、近衛騎士団長の任まで解かれかねない。私は領地を持たない貴族。無職は困る」

「そうか。正気を疑われるか」

ティリアはしょんぼりとした様子で膝を抱えた。

「レイラはどう思う？」

「申し訳ありません。信じたいとは思うのですが……」

「……それが普通の反応」

レイラが言葉を濁すと、エリルがぼそっと呟いた。さらに位置を移動する。何事かと背後を見ると、いつの間にかフェイが荷馬車と併走(へいそう)していた。どうやら背後に立たれたくなくて移動したようだ。フェイがチラチラと視線を向けてくる。期待に満ちた目だ。どうかしたのだろうか。しばらく荷馬車と併走していたが、意を決したように口を開く。

「な、何もない所でありますね！」

「確かに何もないけど、海があれば十分だよ。海があれば魚を捕(と)れるし、塩も取れる。港を作れば貿易だってできるようになる。うん、色々とやりたいことがあるから何もなくて正解かもね。ゆくゆくは真珠(しんじゅ)の養殖(ようしょく)をやりたいな」

「そ、そうでありますね。何もなくて正解でありますね」

フェイはがっくりと肩を落とし、荷馬車の後方へと下がっていった。ふっという音が聞こえ、隣を見る。すると、ティリアが笑っていた。

「何を笑ってるの？」

「いや、笑ってないぞ。ところで、真珠を養殖できるという話は本当か？」

「元の世界で読んだ本には貝の中に不純物を入れて真珠を作るって書いてあったよ」

「ほう、そんな簡単に……いや、その話はおかしくないか？　不純物が入ったくらいで真珠ができるのなら宝石としての価値がなくなってしまうじゃないか」

「宝石として売られてたから価値はなくなってないよ」

「百歩譲(ゆず)って、貝の中に不純物が入って真珠になるとしよう」

「本当のことなのに」

「本当か嘘か私には判断できないから仮定でいいんだ。まあ、それはさておいてだ。どの貝に不純物を入れればいいんだ？　不純物の材質や大きさは？　不純物を入れて何年くらいで真珠を収穫(しゅうかく)できるんだ？」

「貝は……多分、アコヤガイ。不純物は砂でいいと思う。どれくらいでできるかは分からないけど、まあ、二年か三年あればできるんじゃないかな？」

「何も分かってないじゃないか」

　クロノがうろ覚えの知識を披露(ひろう)すると、ティリアは深い溜息を吐いた。

「最初にアコヤガイを探し、次に真珠を作るのに適した不純物の材質と大きさを調べ、最後に何年で真珠ができるのか検証する。安定供給するためには貝の養殖方法も確立しなければならないな。大事業だ。どう考えても十年は掛かるぞ」

「やっぱり、一朝一夕(いっちょういっせき)にはいかないよね」

　今度はクロノが溜息を吐く番だった。真珠を養殖するには長い時間が掛かりそうだ。

「じゃ、塩かな。これなら塩田を作れば何とかなるはず」

「クロノ様、塩田とは何ですか？」

クロノが呟くと、レイラが申し訳なさそうに尋ねてきた。

「塩田っていうのは海水から塩を作る場所みたいなものだね」

「どのように海水から塩を？」

「確か、小さい頃(ころ)に読んだ本によれば……」

クロノはこめかみを押(お)さえ、本の内容を思い出す。本といっても小学校の図書室にあった漫画(まんが)『日本の歴史』だが——。

「まず、海水を桶(おけ)に入れて砂地にぶちまけます。それを何度か繰(く)り返した後、砂を回収します。回収した砂に海水を注いで濃(こ)い塩水を作り、それを鍋(なべ)で煮詰(につ)めると塩が取れます」

「海水を砂地にぶちまける？」

レイラは小さく呟き、思案するように手で口元を覆った。

「どうかしたの？」

「はい、海水を砂地にまくということですが、それだと海水が地中深くに染(し)み込んでしまうのではないでしょうか？」

「染み込むかな？　塩分は地表に留(とど)まりそうな気もするけど……」

クロノは首を傾げた。だが、言われてみればという気はする。海水が地中一メートルまで染み込むからと砂を一メートル掘(ほ)り起こすのは手間だし、海水をまく量を二倍にして掘り起こす深さを五十センチにするのも非効率的だ。

「お前の知識は肝心な所が抜けてるな」

「申し訳ない」

ティリアが呆れたように言い、クロノは頭を掻いた。

「それなら海水が地中深くに染み込まないようにすりゃいいじゃないか」

そう言ったのはシルバだった。地形の確認が終わったのだろう。羊皮紙を筒状に丸めると荷台に移動してきた。どっかりと荷台に腰を下ろす。

「どうやって海水が染み込まないようにするつもりだ？」

「コンクリートで枠を作って、その上に砂を敷き詰めりゃいい」

ティリアの質問にシルバはこともなげに答えた。

「費用はどうなんだ？」

「そりゃ、まあ、それなりに掛かるが……。そうだな、費用を抑えるなら粘土だな。塩田にする場所の砂を掘り返して粘土で地盤を作る。その後、砂を戻せば完成だ」

シルバが新たなアイディアを披露する。だが、まだ懸念があるのだろう。ティリアは難しそうに眉根を寄せている。

「大丈夫なのか？」

「試してみないと分からないとしか言いようがない。塩田なんて見たことがないからな」

「海水を煮詰めれば塩が取れると分かっているのに一筋縄ではいかないものだな」

ティリアはぼやくように言った。

「でも、やり方は分かってるんだし、諦めなければ何とかなるよ」

「お前は変に前向きだな」

「僕から諦めの悪さを取ったら何も残らないからね」

ところで、とクロノはシルバに視線を向けた。

「港を作るのに適した地形はあった？」

「さっぱりだ。入り江や河口――三方を陸に囲まれた土地があればよかったんだが、あるのはカーブくらいだ。それに、水深が深くなっている所まで少し距離がある。これだと岸壁を作るのが難しい」

「そうだよね。港を作るのに適した地形があればとっくに作ってるよね」

シルバが力なく首を振り、クロノは肩を落とした。

「港を作れればと思ったんだけど、上手くいかないもんだね」

「『僕から諦めの悪さを取ったら何も残らない』と言っていたくせにもう諦めるのか」

ティリアが呆れたように言った。

「流石に地形はどうにもならないよ」

「いや、地形はどうにかできる」

クロノが溜息交じりに言うと、シルバが異を唱えた。

「でも、お高いんでしょ？」

「それほど金は掛からないはずだ。まず場所についてだが、半島の付け根がいいと思う。次に岸壁についてだが……図を描いた方がいいな」

シルバはポーチから紙と羽根ペン、インクを取り出すと、Lを逆さにしたような図を描いた。半島の付け根——海岸線の模式図だ。シルバはさらにその内側に同じ図形を描いて線で結んだ。中抜き文字によく似ている。

「こうやって岸壁にしたい部分に木の杭を打ち込むんだ。それで海水を抜く」

「どうやって海水を抜くの？」

「ポンプを使うんだよ。知ってるだろ？　あの丸太みたいなヤツ。あの中にはネジみたいなのが入ってて、ハンドルを回すと水を掻き出してくれるんだ」

クロノが尋ねると、シルバは何かを回すような動作をしながら説明してくれた。

「木の杭はどうするつもりだ？」

「北に原生林があるだろ。そこの木を切りゃいい」

ティリアの質問にシルバはこともなげに答える。

「水を抜いて地盤を固めりゃ岸壁の完成だ」

「港を作るには三方を囲まれている所が適しているという話でしたが？」

「そいつは防波堤を作って解決する」

シルバは図に縦線を加えた。すると、漢字の部首——冂みたいになった。

「こうなるように石を投げ込みゃいい。石はかなりの量が必要になるが、黄土神殿の近くにある巨大な岩を切り出せば何とかなる」

え⁉　とクロノは思わず声を上げた。すると、シルバが訝しげな視線を向けてきた。

「問題があるのか？」

「あれって信仰の対象なんじゃないの？」

「そうなのか？」

シルバがきょとんとした顔で言い、クロノはレイラに視線を向けた。

「申し訳ありません。あまりそういうことに詳しくないものですから」

「いや、気にしなくていいよ。街に戻ったら誰かに——痛ッ！」

クロノは小さく声を上げた。ティリアが肘で小突いてきたのだ。

「何か用？」

「何故、私に聞かない？」

ティリアは真顔で問い返してきた。詳しくないと思ったから聞かなかったのだが——。

「黄土神殿の近くにある岩について何か知ってる？」

「岩があることすら知らん」

クロノが尋ねると、ティリアが当然のように言い放った。

「なんで、質問を催促したの？」

「私に聞かなかったからだ」

ティリアは拗ねたように唇を尖らせた。

「こういう感じで港を作ろうと思うんだが、どうだ？」

「……任せるよ」

クロノは少し悩んだ末に答えた。正直にいえば作業風景や港の完成した姿をイメージできなかった。かといって口出しできるほどの知識もない。だから、どうにかできるというシルバの言葉を信じて任せてしまった方がいいと思ったのだ。

「何とか港を作れそうな感じだね」

「そのことなんだが……」

クロノが胸を撫で下ろしながら言うと、シルバが気まずそうに口を開いた。

「何か問題が？」

「……今は三月。畑を耕す時季」

シルバに尋ねるが、答えたのはエリルだった。

「まあ、そういうことだ。農村から出稼ぎに来ていた連中は帰っちまった。街に残ってる連中もいるが、そいつらは旧兵舎の修繕に回ってもらってるからな。旧兵舎の修繕を後回しにすれば港を作れるが……」

「それはちょっと……。新しい部下を迎え入れる準備をしなくちゃいけないし」

クロノは口籠もった。現在、ベティルに撤退戦で最後まで付いてきてくれた兵士の異動手続きをしてもらっている。その数は五百五十人、今いる兵士と合わせると千三百七十一人、いや、二十一人は騎兵だから千三百五十人か。どちらにせよ、新兵舎だけでは収容しきれない。彼らがエラキス侯爵領に異動してきた時に備えて旧兵舎を修繕する必要がある。

「何とかならないかな？」

「シフトの調整じゃどうにもならないな。根本的に人が足りないんだ」

「部下に作業をお願いできればいいんだけど……」

「それができりゃいいが、大丈夫なのか？」

「大丈夫かどうか、ハシェルに戻ったらミノさんに聞いてみるよ」

「そうしてくれ」

　無理だとは思うけど、とクロノは心の中で呟いた。

※

　陽が暮れ、周囲が暗くなってきた頃、クロノ達はハシェルの城門に辿り着いた。順番待ちの馬車が列を成している。サッブが列の最後尾に荷馬車を止めると、シルバが荷台から飛び降りた。

「俺は新兵舎に帰るぞ。どんな港にするか図面を描かなきゃいけないからな」

「お疲れ様。今日はありがとう」

「俺は建築家だからな。仕事をさせてもらえるとなりゃ何処にでも行くさ、じゃあな」

「うん、お疲れ様」

　シルバはクロノに背を向けると新兵舎に向かって歩き出した。順番を待っていると、シロとハイイロが駆け寄ってきた。

「クロノ様、お帰り」

「俺達、ちゃんと仕事してた」

「お疲れ様、いつもありがとう」

クロノが労い(ねぎら)の言葉を掛けると、シロとハイイロが嬉し(うれ)そうに尻尾(しっぽ)を振った。

ふと違和感(いわかん)を覚える。尻尾の振りがいつもより小さい気がしたのだ。

「二人とも元気？」

「「……」」

二人は無言だった。視線のみを動かして互い(たが)の顔色を窺う。そして——。

「俺達、元気！」

「喜び、庭駆け回る！」

ボディービルダーのようにポージングを決めた。

「二人とも無理しないでね」

「……分かった、無理しない」

クロノが優し(やさ)く声を掛けると、二人は力尽き(ちからつ)たように肩を落とした。

「ところで、ミノさんは？」

「「ミノ副官、詰め所」」

「ありがとう」

クロノが礼を言った直後、荷馬車が動き始めた。しばらくしてレイラが口を開いた。

「クロノ様はこれからどうするのですか？」

「ミノさんに会って、部下を港作りに回せないか聞いてみる」

「その後は？」

「歩いて侯爵邸に帰るよ」

「前にも申し上げましたが、ハシェルはまだ危険です」

レイラは神妙な面持ちで言った。確かに用心が足りなかったか。

「申し訳ないけど、護衛を頼める？」

「はい、お任せ下さい。この命に替えてもクロノ様を侯爵邸まで送り届けてみせます」

「ふむ、なら私も残ろう」

「――ッ！」

レイラはぎょっとしたようにティリアを見た。

「どうかしたのか？」

「皇女殿下は先に帰られた方がよろしいのではないかと」

「フッ、何を言うかと思えば。これでも、私は軍学校を首席で卒業しているんだぞ。神威術も使える。ケチな犯罪者など返り討ちにしてくれる」

ティリアが胸を張って言い、レイラは意を決したように口を開いた。

「万が一という言葉がございます」

「だったら私がいた方がいいじゃないか」

ティリアが当然のように言い放ち、レイラが小さく呻いた。その時――。

「では、皇女殿下の護衛は私がするであります」

「別に護衛なんていらないんだが、まあ、仕方がないな」

馬車と併走していたフェイが名乗りを上げた。断るかと思いきや、ティリアはフェイが護衛することを認めた。どうやら本当にクロノのことを心配してくれていたらしい。レイラがどうすればと言うような表情を浮かべた。ははッ、とサッブが笑う。

「三人も残るんなら荷馬車を止めて待ってやすぜ」

「お願いできます？」

「へい、お願いされやした。アルバ、グラブ、ゲイナー、お前らは先に帰ってろ」

「「「う～すッ！」」」

アルバ、グラブ、ゲイナーの三人は返事をすると荷馬車の脇を駆け抜けていった。

サッブが詰め所の前で荷馬車を止め、クロノは荷台から飛び降りた。

「じゃ、僕はミノさんと話してくるからちょっと待ってて」

「なら私も――」

「私も行くぞ」

「付いて行くであります！」

レイラ、ティリア、フェイが声を上げ、クロノは苦笑した。

「詰め所は狭いから待っててよ」

「はい、分かりました」

「仕方がないな」

「そうでありますね」

三人が頷いた直後、キュ～と可愛らしい音が響いた。多分、お腹が鳴ったのだろう。荷馬車の隅で膝を抱えるエリルに視線を向ける。

「……私はとてもお腹が空いている。だから、早く戻って来てくれると嬉しい」

「できるだけ早く戻るよ」

「……感謝する」

「じゃ、行ってきます」

クロノは荷馬車に背を向け、詰め所に向かって歩き出した。扉を開けて中に入るが、休憩中なのか詰め所には誰もいない。

「ミノさ～ん！」

名前を呼ぶと、奥の部屋から音が聞こえた。しばらくしてミノが出てきた。

「大将、どうかしやしたか？」

「港建設の件でミノさんに相談がありまして……」

「分かりやした。立ち話もなんなんで座って下せぇ」

「うん、ありがと」

クロノが座ると、ミノは対面の席に座った。

「それで、港に適した土地は見つかったんで？」

「そのことなんだけど、完璧に適した土地が見つからなかったんだ」

あちゃー、とミノは手で顔を覆った。

「それで、シルバの提案で地形を変えることになったんだけど……」

「地形を？　そんなことができるんですかい？」

「シルバはそんなに難しくないって」

「建築のことは分かりやせんが、すごいことができやすね」

「ただ一つ問題がありまして……」

「どんな問題で？」

「人手が足りません。それで、部下に工事をと思ったんだけど……」

「大将、そいつは無理ですぜ。あの撤退戦で二百人も死んじまって一人当たりの負担が増えてるんですぜ。こんな状況で兵士を引き抜かせる訳にゃいきやせん」

「ですよね」

やっぱり駄目だったか、とクロノは肩を落とした。

「じゃあ、無職の知り合いとかいない？」

「すいやせん。あっしの知り合いは……」

ミノは申し訳なさそうに言い、不意に押し黙った。

「心当たりがあるの？」

「あるっちゃありやすが、あっしの話を素直に聞いてくれるかどうか」

「それだけでもありがたいよ。それで、何処の人なの？」

「実は……あっしの故郷の連中なんで」

クロノが身を乗り出して尋ねると、ミノは気まずそうに言った。

「故郷で何かあったの？」

「いや、その、若い頃に家を飛び出しちまいやして」

それは……、とクロノは呻いた。ミノが理由もなく家を飛び出すとは思えないので、よほど腹に据えかねる出来事があったのだろう。

「でも、まあ、故郷に錦を飾るチャンスじゃない？　色々あったみたいだけど、今はこうして僕の副官をやってる訳だし、きっとご家族の方も喜んでくれるよ」

「そうなりゃいいと思いやすが……」

「何にせよ、一度会って話した方がいいと思うよ。きちんとけじめというか、筋を通しておけば結果がどうであれ踏ん切りも付くだろうし。ところで、ミノさんの故郷って何処なの？　遠いの？」

「あっしの故郷はボウティーズ男爵領でさ」

「結構、近いね」

クロノの記憶が確かならばボウティーズ男爵領はエラキス侯爵領から馬車で三日ほどの距離、カド伯爵領の南——トレイス男爵領を越えた所にあったはずだ。

「確かに近くにありやすが、ボウティーズ男爵領から移住となると手間ですぜ」

「そうか、ボウティーズ男爵と話をつけないといけないんだ」

「普通に頼んだだけじゃ足下を見られると思いやす」

「交渉は苦手なんだけど……」

う〜ん、とクロノは唸った。今まで何度か交渉を成功させているが、それは領主という肩書きがあればこそだ。対等の立場で交渉を成功させる自信はない。

「どうしやす？」

「とりあえず、行ってから考える」

大将、とミノが溜息交じりに呟く。呆れているのだろう。気持ちは分かるが――。

「ミノさんの故郷の人達が乗り気になってくれないとボウティーズ男爵との交渉に進めないからね。乗り気になってくれなくても挨拶くらいはしておきたいし」

「そこまでしなくても――」

「僕がしたいんだよ」

クロノはミノの言葉を遮って言った。エラキス侯爵領に配属されてから世話になりっぱなしなのだ。ミノは頼りになる副官だと伝えて、少しでも立場をよくしてやりたい。

「あっしなんかのために……。大将、ありがとうございやす」

ミノが頭を下げたその時、風が吹き込んできた。クロノはぶるりと身を震わせ、詰め所の入り口を見た。すると、ケインが入ってくる所だった。

「お？　クロノ様じゃねーか」

「ケイン、お疲れ様。街道の様子はどうだった？」

「問題はなかったぜ」

そう言って、ケインは壁に寄り掛かった。

「クロノ様の方はどうだった？」

「そのことなんだけど――」

クロノは掻い摘まんで事情を説明した。すると――。

「奴隷を買えばって言いてぇ所だが……」

「奴隷制度も好きじゃないって宣言したばかりだからね」

クロノはしみじみと呟いた。他に方法がないのならまだしも初手で奴隷を買うのはマズい。舌の根も乾かない内に、と睨み付けてくるエレナの姿が目に浮かぶようだ。

「で、ミノの家族に挨拶か」

「うん、それで護衛の件なんだけど……」

「ああ、今日と同じメンバーを護衛に付ける。顔見知りの方がやりやすいだろうからな」

「ありがとう。助かるよ」

「フェイにも経験を積ませてぇし、構わねーよ」

ケインは照れ臭そうに頭を掻いた。

「それで、出発はいつにするんだ？」

「いつ頃がいい？」

クロノはミノに視線を向けた。完全に丸投げした形だが、その方が手っ取り早い。

「まあ、一日頂けりゃ何とかしやす」

「じゃ、出発は明後日に決定！」

クロノは手を打ち鳴らし、立ち上がった。

「じゃ、二人ともお疲れ様」

「お疲れ様で」

「お疲れさん」

外に出ると、凍(い)てついた風が吹き寄せてきた。ぶるりと身を震わせる。まだ春は遠いようだ。そんなことを考えながら荷馬車に歩み寄った。

※

「お疲れさん、飯だよ」

そう言って、女将(おかみ)はクロノ達(たち)の前に料理を並べた。焼きたてのパン、白身魚のスープ、魚の煮付(につ)けというメニューだ。カップに香茶(こうちゃ)を注ぎ、テーブルに置いた。やや刺激的(しげきてき)な匂(にお)いが鼻腔(びこう)を刺激(しげき)する。何処(どこ)かで嗅(か)いだことのある匂いだ。

何の匂いだっけ？　とクロノは内心首を傾(かし)げ、帝都(ていと)でサイモンにご馳走(ちそう)になった香茶と同じ匂いだと気付く。確か体を温める効果があったはずだ。多分、女将は外から戻ってきたクロノ達のことを気遣ってくれたのだろう。

クロノはカップを手に取り、ぐいっと香茶を飲んだ。体がカッと熱くなる。ほう、と息を吐き、カップをテーブルに置く。そして——。

「女将、ありがとう」

「藪から棒にどうしたんだい？」

礼を言うと、女将はきょとんとした顔をした。

「香茶のことだよ。これって体が温まるヤツでしょ？」

「そういうことかい。なに、礼には及ばないよ。偶々あったから淹れただけだしね」

「それでも、ありがとう」

「礼を言われると照れちまうね」

クロノが再び礼を言うと、女将は恥ずかしそうに髪を掻き上げた。

「何やら通じ合ってるような雰囲気でありますね」

「……ぐぬッ」

斜向かいの席にいたフェイがぼそっと呟くと、対面の席にいたティリアが呻いた。ちなみにエリルはクロノの隣に座っている。レイラはいない。新兵舎に帰ったのだ。女将はエリルの隣に座ると、やや前傾になって頬杖を突いた。

「行儀が悪いぞ」

「そいつは悪ぅございました。けど、あたしは自分が作った料理を美味しそうに食べている所を見るのが好きなんだよ」

ティリアがパンを千切りながら言うと、女将はムッとしたように言い返した。

「……女将の料理は美味しい」

「エリルちゃんはこんなに美味しそうに食べてくれるのに……」

女将はこれ見よがしに溜息を吐いた。エリルが横目で女将を見る。私は子どもではないと言うかと思いきや魚の煮付けを切り分け始める。どうやら自己主張よりも食欲を優先させたようだ。エリルは魚の煮付けを口に運び、うっとりとした表情を浮かべた。

「それに比べてアンタ達は……」

アンタ達？　とクロノは正面を見る。ティリアは無表情でスープを口に運び、フェイは料理を口一杯に頬張っている。フェイはもぎゅもぎゅと口を動かして料理を呑み込むとティリアに視線を向けた。

「皇女殿下、女将が何か言っているであります」

「………女将はアンタ達と言ったんだぞ」

ティリアは布製のナプキンで口元を拭（ぬぐ）い、突っ込みを入れた。すると――。

「私もでありますか⁉」

フェイは驚（おどろ）いたように声を上げた。

「何故でありますかね？」

「本気で聞いているのか？」

「本気でありますよ」

ティリアがぎょっとした顔で問い返すと、フェイは真顔で言った。

「もっと行儀よくしろ」

「行儀が悪いのは女将も一緒（いっしょ）だから相殺（そうさい）であります。それに、私は剣（けん）で身を立てるつもりなので行儀作法はそこそこでいいのであります、そこそこで」

「そうか。まあ、頑張（がんば）れ」

フェイが鼻息も荒（あら）く言うと、ティリアは諦めの境地に達したかのような声音（こわね）で言った。

「そういう皇女殿下はどうなのでありますか？」

「見ての通り、私は恥ずかしくない程度に礼儀（れいぎ）作法を修めている」

そう言って、ティリアは洗練された動作で魚の煮付けを口元に運んだ。

「そういう所でありますよ」

「…………そういう所？」

ティリアはかなり間を置いて答えた。口元を布製のナプキンで拭ったせいだ。

「女将は感想を求めているのであります。美味しかったでありますか？」

むッ、とティリアは難しそうに眉根を寄せた。しばらく黙り込んでいたが——。

「普通だ」

「アンタ達はそれでいいよ、それで」

ティリアが感想を漏らすと、女将は深々と溜息を吐いた。

※

「う〜、寒い寒い」

クロノは身を縮めながら浴室に入った。浴槽から立ち上る湯気のせいか、脱衣所に比べると暖かい。掛け湯をして浴槽に入る。

「ふ〜、いい湯だな〜」

肩まで湯に浸かり、しみじみと呟く。冷えた体が芯から揉みほぐされていくような気分だ。元の世界で読んだ本によれば中世ヨーロッパでは入浴の習慣が衰退してしまったらしいが、この世界では入浴の習慣が息づいている。

誰のお陰か分からないが、本当にありがたい。もっとも、そのお陰でメイド達には一階から三階まで水を運ぶという重労働を課すことになってしまったが――。

突然、ガチャッという音が響く。扉の開く音だ。反射的に振り返ると、ティリアが入ってくる所だった。しかも、真っ裸だ。惜しげもなく裸身を曝している。

ティリアがこちらに視線を向け――。

「ぎゃぁぁぁぁッ！」

「いきなり大声を出すな！　びっくりするじゃないかッ！」

クロノは叫び声を上げた。すると、ティリアはびっくりしたように後退った。

「な、なな、なんで、ティリアがお風呂にいるの？　もう入ったんじゃなかったのッ？」

「ふッ、簡単なことだ。一度風呂に入って、お前が風呂に入るタイミングを見計らってまた来たんだ」

ティリアは落ち着き払った態度で言った。真っ裸で腕を組み、仁王立ちする姿は――何に喩えればいいのか分からないが、ただものではない。それにしても――。

「恥ずかしくないの？」

「知らぬ仲ではあるまいし、今更何を言ってるんだ」

ティリアは腰に手を当て、呆れたように言った。割り切りすぎじゃないかと思いながらしげしげとティリアを眺める。胸は大きく、腰はくびれ、お尻は締まっている。見事なプロポーションだが、あけっぴろげなせいか劣情は催さない。

「今日はご苦労だったな。背中を流してやるぞ」

「何か企んでない？」

「こんな格好で何を企むんだ？」

ティリアはやや前傾になり、ムッとしたように問い返してきた。大きな胸がゆさっと揺れる。ちょっと劣情を催した。

「早くしろ」

「まあ、いいか」

クロノは湯船から上がり、木製の風呂イスに腰を下ろした。次の瞬間、何かが背中に押しつけられ、クロノはびくっと体を震わせた。柔らかく、先端が少しだけ硬い。何を押しつけられているのか考えるまでもない。ティリアが胸を押しつけてきたのだ。

「せ、背中を流してくれるんじゃなかったの？」

「ん？　だから、こうして泡立ててやってるじゃないか」

ティリアが耳元で挑発的に囁く。柔らかな感触が円を描くように背中を移動する。そのたびにびく、びくっと体を震わせてしまう。

「ど、どど、何処でこういうことを習ったの？」

「私の胸をよく見てるからこうしたら喜ぶんじゃないかと思ったんだ。どうだ？」

「どうって——」

「聞くまでもなかったな」

クロノはびくっと体を強ばらせた。ティリアが背後から手を回して股間を掴んだのだ。

「浴室でこういうことは——」

「ん～、お前のここはそう言っていないぞ」

そう言って、ティリアは手を動かした。いけない。完全に主導権を握られている。逃げなければと思うが、気持ちよくて動けない。蛸壺に入った蛸はこんな気持ちに違いない。

「このまま愛し合わないか？」

「——ッ！」

ティリアが耳元で囁き、クロノは我に返った。アリッサに旅支度をして欲しいと伝えていない。このまま愛し合ったらアリッサに無理をさせることになる。親子の時間を奪うことになる。それは避けなければならない。

「わ、分かったからお湯を掛けてくれない？」

「どうしてだ？」

「石鹸が染みるんだよ」

「ふむ、そういうものか」

　そう言って、ティリアはクロノから離れた。深い溜息を吐く。何だかどっと疲れた。だが、いつまでもこうしている訳にはいかない。チラリとティリアに視線を向ける。クロノの言葉を疑っていないのだろう。無防備な背中を向けている。

　このまま逃げ、いや、無理だ。どう考えても浴室から出る前に捕まる。どうすればと考えたその時、妙案を思い付いた。この方法なら逃げられるはずだ。

「クロノ、掛けるぞ」

　言うが早いか、ティリアは桶でお湯を浴びせかけてきた。結構、痛い。

「さあ、愛し――」

「その前に髪を洗ってあげるよ」

「さっき洗ったばかりなんだが……」

「背中を洗ってもらったお礼だよ」

「……ならお願いするか」

　クロノが立ち上がると、ティリアはどっかりと風呂イスに腰を下ろした。背後に回り込み、石鹸を泡立てて髪を洗い始める。

「目に入ると痛いから目を開けちゃ駄目だよ？」

「分かっている」

「あ、ちょっと待ってて」

クロノはティリアから離れ、お湯で手に付いた泡を洗い流した。そっと出口に向かう。

「どれくらい待てばいいんだ？」

「もう少し待って」

「声が遠いぞ？」

「気のせいじゃない？」

クロノは浴室から出て、ホッと息を吐いた。その時、脱衣所の扉が開いた。扉の方を見ると、アリッサがタオルを抱いて立っていた。視線はクロノの股間に向けられている。アリッサはゴクリと喉を鳴らし、そっと扉を閉めた。

叫ばれなくてよかった、とクロノは安堵の息を吐いた。だが、安心してばかりはいられない。素早く体を拭いて服を着る。脱衣所から出て、視線を巡らせる。アリッサは脱衣所の扉のすぐ近く——壁に背を向けて立っていた。ちょっと顔が赤い。

「……アリッサ？」

「――ッ！」

クロノが声を掛けると、アリッサはハッとしたようにこちらに向き直った。申し訳なさそうな表情を浮かべて頭を下げる。

「申し訳ございません」

「別に減るものじゃないし、謝(あやま)らなくていいよ」

「ありがとうございます」

そう言って、アリッサは顔を上げた。やはり、顔が赤い。

「アリッサにお願いしたいことがあるんだけど……」

「何なりとお申し付け下さい」

「実は――」

「承知いたしました。それでは、明日中に旅支度を調(ととの)えます」

クロノが事情を説明すると、アリッサは快諾(かいだく)してくれた。

「恐(おそ)れながら、お伺(うかが)いしたいことがあるのですが……」

「ん？　何か気になることでもあった？」

「はい、ミノ様の故郷にという話でしたが、贈答品(ぞうとうひん)は如何(いかが)なさいますか？」

ああ、とクロノは声を上げた。どうして、気付けなかったのかと恥ずかしくなる。

「何を持っていけば喜んでもらえると思う？」

「申し訳ございません。私には分かりかねます」

「そうだよね。分かった。明日、ピクス商会に行って、ちょっと相談してみるよ」

「それがよろしいかと存じます」

「じゃ、アリッサ。お休み」

「お休みなさいませ、旦那様」

アリッサが恭しく一礼し、クロノは自分の部屋に向かって歩き出した。何かを忘れているような気がしたが、忘れているのだから大したことではないだろう。

※

「今日も一日お疲れ様でした～」

クロノは自室に戻るとベッドに倒れ込んだ。チラリと机を見ると、書類の束が置いてあった。一日侯爵邸を空けたせいで仕事が溜まっているのだ。

だが、今日はこのまま眠りたい気分だ。仕事をするべきか、このまま眠るべきか悩んでいると、トントンという音が聞こえた。扉を叩く音だ。こんな時間に何の用だろう。いい予感はしないが、ベッドから下りる。再び扉を叩く音が響く。先程より強めだ。アリッサでないのは確実だ。彼女は大きすぎず、小さすぎず絶妙の力加減で扉を叩く。

「は～い、すぐ行きます」

歩み寄って扉を開けると、廊下にティリアが立っていた。髪が湿っている。瞬間、クロノは浴室にティリアを置き去りにしたことを思い出した。そっと扉を閉める。直後、ドンドンという音が響いた。ドアノブが動き――。

ひぃぃぃッ！　とクロノは悲鳴を上げ、ドアノブを押さえた。ガチャガチャという音が響く。ティリアが扉を開けようとしているのだ。よほど怒っているのだろう。あの細腕からは想像できないほどの力だった。一人では持ち堪えられそうにない。

万事休す――死を覚悟したその時、音が止んだ。諦めたのだろうか。恐る恐るドアノブから手を放し、一歩、また一歩と後退る。何も起きない。どうやら諦めたようだ。ホッと息を吐いた次の瞬間、バンッと扉が開いた。そこに鬼がいた。

「私は待――ヘッ、プシッ！」

「親父臭い」

「誰が親父だ！　お前のせいなんだから少しくらい悪びれろッ！」

くしゃみに対する素直な感想だったのだが、ティリアは声を荒らげた。

「ううッ、すっかり体が冷えてしまったじゃないか」

「なら今日は自分の部屋に戻ってゆっくりお休みよ。そういうことで――」

「扉を閉めるな！」

クロノは扉を閉めようとしたが、ティリアは強引に入ってきた。寒い、寒いと言いながらベッドに駆け寄って横たわる。

「寒いからさっさと扉を閉めろ」

クロノは溜息を吐き、扉を閉めた。ティリアは自分の部屋に戻らないつもりだ。明日はピクス商会に行くつもりなのだ。この前のように朝まで寝かせてもらえなかったら明日の予定に支障を来す。せめて、マイルドに愛し合うことはできないものだろうか。

「これから仕事をしようと思ってたんだけど……」

「なら仕事が一段落するまで待ってやる」

「そうですか」

クロノは再び溜息を吐き、机に歩み寄った。席に着き、書類を手に取る。露店の営業許可に関する書類だ。申請者は行商人だ。有効期限が一年なので取り敢えず申請しておこうと考えているのだろう。それでも、成果が出ているようで嬉しい。羽根ペンを手に取り、少しだけ誇らしい気分で署名をする。すると――。

「クロノ、まだか？」

「始めたばかりだよ」

　クロノは体ごとベッドに向き直った。ティリアは頬杖を突き、こちらを見ていた。ネグリジェが捲れ上がり、太股まで露わになっている。

「ティリア、恥ずかしくないの？」

「今更、何を恥ずかしがれと言うんだ」

「男前だね」

「褒め言葉として受け取っておく」

「それに、肉食系だし」

「誰が肉食系だ！」

　ティリアはガバッと身を起こして叫んだ。ムッとするポイントが分からない。

「何かぐいぐい来るし」

「こんなものだと思うが？」

「いや、でも、軍学校の時は……」

　クロノは言い返そうとして口を噤んだ。よくよく思い出してみると——。

「確かに軍学校の頃からあまり変わってないね」

「お前もな。それで、どうするんだ？」

「どうって？」

「やるのかやらないのかさっさと決めろ」

クロノが問い返すと、ティリアは苛立(いらだ)った様子で言った。

「じゃ、やらない。今日は仕ご――」

「そうか、残念だ。折角(せっかく)、お前の要望に応(こた)えてやろうと思ったのに」

え⁉　とクロノはティリアに視線を向けた。

「要望に応えてくれるって何でもいいの？」

「えらく食い付きがいいな。まあ、胸で挟(はさ)むくらいはしてやる」

「いや、でも、この前みたいなことになると明日に響くし」

「分かった分かった。お前に合わせる」

「じゃ、お願いしようかな。仕事は明日に回せばいいし」

「お前の決意は羽毛(うもう)より軽いな。だが、許してやろう。こっちに来い」

ティリアが手招きし、クロノはイスから立ち上がった。期待に胸を高鳴らせつつ歩み寄る。養父の忠告が脳裏(のうり)を過るが――。

「ごめん、父さん。僕(ぼく)は弱い人間なんだ」

「何を言ってるんだ？」

「いや、独りご――――ッ！」

クロノは最後まで言葉を紡ぐことができなかった。ティリアに投げ飛ばされ、さらに組み敷かれたのだ。まるで前回の再現だ。

「嘘吐き！」

「いや、さっきまではお前に合わせようと思ってたんだ。本当だぞ。だが、無警戒に歩み寄ってくるお前を見ていたら……」

「見ていたら？」

「思わず投げて組み敷いてしまった。すまない、クロノ。私は弱い人間なんだ」

クロノが鸚鵡返しに尋ねると、ティリアは苦悩しているかのような表情を浮かべた。その割に目が爛々と輝いている。多分、苦悩していない。

「僕の要望に応えてくれるという話は？」

「すまない。だが、問題ないだろう？」

ティリアはニヤリと笑い、股間を押しつけるように腰を動かした。親の心子知らずとはこのことか。交渉しやすいようにしょぼんとしていて欲しかった。

「明日は仕事があるからできるだけマイルドにお願いします」

「分かった。善処する」

ティリアは胸を張って言った。いい予感はしなかった。

※

翌朝――嘘吐き、とクロノは天井を見上げながら呟いた。目が痛い。股間がひりひりする。明け方まで攻め立てられたせいだった。このまま眠ってしまいたいが、贈答品を購入しなければならない。二度寝している暇はない。深い溜息を吐き、隣を見る。だが、ティリアの姿はない。眠っている時に自分の部屋に戻ると言われたような気がするが――。

「……起きなければ」

はぁッ！　といつもより気合いを入れて体を起こす。直後、トントンと扉を叩く音が響いた。このノックの仕方はアリッサに違いない。何となく既視感を覚える。

「どうぞ～」

「失礼いたします」

クロノが声を上げると、扉が開いた。予想通り、アリッサが廊下に立っていた。

恭しく一礼し、部屋に入る。

「寝坊(ねぼう)しましたか？」

「いつもより少しゆっくりとしたお目覚めだと思います」

アリッサは困ったような表情を浮かべて言った。

「ところで、ティリアは？」

「湯浴(ゆあ)みをされた後、ご自身の部屋に戻られました」

ひどい、とクロノは両手で顔を覆った。なんたるフリーダムっぷり。権力を失い、制約から解き放たれたとはいえ無軌道(むきどう)すぎやしないだろうか。何とかしなければ領主の仕事に支障を来しかねない。だが、対応を考えるのは後だ。

ふぅ、とクロノは溜息を吐き、ベッドから下りた。すると、アリッサは軽く目を見開いた。みるみる内に頬が紅潮していく。それから顔を背(そむ)ける。そこでクロノは自分が素っ裸であることに気付いた。慌(あわ)ててシーツを腰に巻く。

「昨夜に引き続いて申し訳ない」

「い、いえ！　とんでもございませんッ！」

アリッサは上擦(うわず)った声で言い、チラチラとクロノに視線を向けた。

「食事の前にお風呂に入った方がいいよね？」

アリッサは答えなかった。頬を紅潮させ、もじもじしている。

「アリッサ?」

「――ッ！　申し訳ございません。すぐに湯浴みの準備を整えて参ります」

名前を呼ぶと、アリッサはハッとしたように背筋を伸ばした。深々と――勢いよく頭を下げ、そそくさと部屋から出て行った。

※

「何だか、つらそうだねぇ」

クロノが湯浴みを終えて食堂に入ると、女将は呆れたような口調で言った。

「睡眠不足でお風呂に入ったら疲労がどっと……」

「食欲はどうだい?」

「あまりないです。というか、お腹一杯になったら眠っちゃいそう」

「ったく、腕によりを掛けて作ってるってのに」

「ごめんね」

「本当だよ」

女将は拗ねたように言って、立ち上がった。

「ま、クロノ様が悪いって訳じゃないからねぇ。待ってな、香茶を淹れてきてやるよ」

「女将、ありがとう」

「礼を言われるほどのことじゃないよ」

女将は困ったように笑い、厨房に向かった。クロノは空いている席に座り、背もたれに寄り掛かった。スッと意識が遠のき――。

「な～に、寝てるんだい」

「どひぃッ！」

突然、頬に冷たいものを押しつけられ、クロノは飛び上がった。慌てて周囲を見回すと、女将がテーブルの上にカップを置いた。

「水出しの香茶だよ」

「ありがとう」

「いいってことさ」

そう言って、女将はクロノの対面の席に座った。クロノはカップを手に取り、口元に運んだ。香茶を口に含むと爽やかな――というよりもスースーする味わいが広がった。メンソールのキャンディみたいだ。

「どうだい？」

「スースーしすぎて目がヒリヒリする」

「ちょいと分量を間違えたかね。けど、眠気覚ましにゃ丁度いいだろ」

女将は困ったように眉根を寄せた。そういえば――。

「さっきのことなんだけど、もしかして眠ってた？」

「気持ちよさそうに眠ってたよ」

ふふ、と女将は笑った。少女のようにあどけない表情だ。ぐっとくる。次はいつ来てくれるのだろう。今から楽しみだ。そんなことを考えていると、女将は不意に難しそうな顔をした。さらに顔を背け、横目でクロノを見る。思考を読まれたのだろうか。

「な、何か気になることでも？」

「い、いや、何でもないんだよ。ただ……」

「ただ？」

「……何をされたか、ちょっと気になったんだよ」

クロノが鸚鵡返しに尋ねると、女将はやや間を置いて答えた。嫉妬しているのか、拗ねたように唇を尖らせている。新たな一面を発見して思わず口元が綻ぶ。

「何だい、その顔は？　あたしが気になったのはどうすりゃ主導権を握れるかだよ」

「主導権を握られてる自覚があるんだ」

女将はクロノを見つめ、再びそっぽを向いた。恥ずかしいのだろう。耳まで真っ赤だ。

「教えてもいいけど、女将には真似できないと思うよ」

「そんなことは試してみないと分からないだろ」

女将はムッとしたように言った。

「いや、でも……」

「いいから言ってみな。姫様にできることはあたしにだってできるんだよ」

「じゃ、次に来てくれた時に試すということで……」

「なに、勝手なことを言ってるんだい」

「約束してくれないのなら言いません」

「…………くッ、分かったよ」

長い沈黙の後、女将は呻くように言った。

「え～、まず、ティリアに投げ飛ばされ――」

「アンタら何をやってるんだい!?」

「最後まで聞いて下さい」

女将が声を荒らげ、クロノはちょっとだけムッとして言った。

「ああ、悪いね。それで、その後は？」

「マウント取られて、夜が白んでくるまで蹂躙（じゅうりん）されました」

「全然、参考にならないじゃないか」

女将は溜息（ためいき）交じりに言った。クロノは香茶を飲み、ホッと息を吐く。香茶のお陰か、それとも極（ごく）短時間とはいえ眠ったお陰かすっきりした気分だ。

「真似できそう？」

「投げ飛ばすまでは何とかなりそうだけど……。いや、ちょいと難しいかね。もう何年も鍛錬（たんれん）なんかしてないからね」

「そういえば女将って南辺境出身なんだっけ？」

「それがどうかしたのかい？」

「あの地域の人なら護身術くらいやってても不思議じゃないなって」

「そりゃ偏見（へんけん）だよ、偏見。入植第二世代以降で武術を修めてるヤツなんざ殆（ほとん）どいないよ」

女将は溜息交じりに言った。

「それで、投げ飛ばしてマウント取れそう？」

「自信がないねぇ」

「でも、チャレンジはして頂くということで……」

クロノの言葉に女将は顔を顰（しか）めた。

「何か問題でも？」

「別に何でもないよ。ただ、ちょいと気が進まなくてね」

「だよね。薄々気付いていたけど、女将はあまり経験ないもんね」

「そ、そんなこたないよ、そんなこた」

クロノがしみじみと呟くと、女将は上擦った声で言った。

「なら、いいよね？」

「あ、ああ、いいよ。軽いもんさ。こ、この前だって上になってやっただろ？」

「そうだったね。ごめん、すっかり忘れてた」

「わ、分かりゃいいんだよ」

女将は胸を張った。自分から上になった訳ではないが、黙っておくべきだろう。

「じゃ、次に来てくれる日を楽しみにしてるから」

「ふふん、首を洗って待ってるんだね」

女将が鼻を鳴らし、クロノはぐいっと残った香茶を飲み干した。

「じゃ、ピクス商会に……その前にエレナの所に行こうかな？　とにかく行ってきます」

「あんま遅くならない内に帰ってくるんだよ」

は～い、とクロノは返事をして食堂から出た。立ち止まり、壁の陰からそっと食堂の様子を窺う。すると、女将は両手で顔を覆い、俯いていた。耳が真っ赤になっている。どうして、あんな約束をと後悔しているに違いない。

クロノは口元を綻ばせ、エレナの執務室に向かった。

※

「エレナ、入るよ？」

クロノが部屋に入ると、エレナは羽根ペンを片手に机に向かっていた。そんな彼女を横目に見ながら窓際に向かい、花瓶を手に取る。何処かで見たような質感だ。

「ああ、サダル焼きの――」

「それ、露店で買った安物の花瓶よ」

エレナから突っ込みが入った。恥を掻いてしまった。クロノは花瓶を元の場所に戻して歩み寄る。すると、彼女は羽根ペンを置き、凝りを解すように手を振った。

「わざわざ仕事場に来るなんて何の用なの？」

「エレナに会いに来たんだよ」

「はッ、冗談」

エレナは鼻で笑った。思わず笑みがこぼれる。

「なんで、満更でもなさそうに笑ってるのよ？」

「枕を取りに来る日のためにやっていると考えると自然と笑みが――」

「違うわよ！」

エレナは声を荒らげた。

「それで、何の用なの？」

「うん、実は――」

クロノは掻い摘まんで昨日の出来事をエレナに説明した。

「それで、聞きたいのは贈答品の品目について？　それとも予算？」

「品目についてはピクス商会に行って相談に乗ってもらうつもりだよ」

「ピクス商会の人だって亜人が何をもらったら喜ぶかなんて分からないんじゃない？」

「そうかも知れないけど、一人で悩んでも仕方がないからね」

「それもそうね。なら聞きたいのは予算？」

「予算ありきで贈答品を考えるのはちょっと」

「普通は予算ありきで考えるのよ」

何のための経理担当なのよ、とエレナは拗ねたように唇を尖らせた。

「贈答品の品目でも、予算についての相談でもない。一体、何のために来たのよ？」

「そのことなんだけど……」

言葉を句切り、身を乗り出す。すると、エレナは気圧されたように体を引いた。

「領主にいくら払えばミノさんの一族の移住を認めてもらえると思う？」

「ああ、そういうことね」

エレナは腕を組み、難しそうに眉根を寄せた。

「……時と場合によるわね」

「そりゃそうだろうけど……」

クロノは呻いた。もう少し実のある話を聞けると思ったのだが——。

「そういえばボウティーズ男爵領の石切場で働いてるって言ってたわよね？」

「そうだけど、何かマズいことでもあるの？」

「ボウティーズ男爵領の特産品は大理石よ」

「ああ、それはマズいね」

クロノは再び呻いた。もし、ミノの一族が大理石の石切場で働いているのだとしたら移住は難しい。一族の移住を認めることは労働力だけではなく、今まで培ってきたノウハウをも手放すことを意味するからだ。

「わざわざ移住させるより奴隷を買った方が楽だと思うわ。何よ、その目は？」

「エレナがそんなことを口にするとは思わなかったんだよ」

「虫でも見るような目で見られるとでも思った？」

「うん、思ってた」

素直に認めると、エレナは顔を顰めた。

「クロノ様は奴隷制度を廃止したいのよね？」

「ゆくゆくはね。今は力もないし、どうすれば廃止できるかも分からないけど……」

「立派な志だと思うわ。でも、あたしはひどいヤツに買われたり、売れ残って殺されたりするよりクロノ様に買われた方が幸せだとも思うわ」

「そういう考え方もできるのかな」

「自分の考えに縛られすぎず、臨機応変に対処しなさいってこと」

「分かった。忠告してくれてありがとう」

「別にそんなつもりで言ったんじゃないわよ」

クロノが礼を言うと、エレナは視線を逸らした。

「話は戻るんだけど、ボウティーズ男爵と交渉するとしたらいくらまで出していい？」

「ちょっと待って」

クロノが改めて尋ねると、エレナは引き出しから帳簿を取り出して開いた。

「去年の総収入が繰り越し金と合わせて八万一千五百枚で……」

「ざっくりとでいいよ、ざっくりとで」

「金貨六万五千――」

「分かった。金貨六万五千枚ね」

「まだ最後まで言ってないわよ」

エレナはムッとしたような口調で言い、ハッとクロノを見つめた。

「念のために言っておくけど、金貨六万五千枚まで出していいって意味じゃないからね。そこの所、絶対に勘違いしないでよね。この中にはアンタの部下から預かってるお金も入ってるんだからね」

「そんなに念を押さなくても大丈夫だよ」

未払い分の給与が三万九千枚だったので使える金額は二万六千枚――新兵舎を五棟建てられる額だが、一つの事業を手放すに足る額かといえば不十分と言わざるを得ない。少なくともクロノがボウティーズ男爵の立場であれば交渉には応じない。仮に応じるとすれば利益にならないと判断した時か、早急に金が必要な時だろう。

「……臨機応変に対処か」

何故(なぜ)か、エレナがびくっと体を震(ふる)わせる。

「どうかしたの？」

「別にどうもしないわよ」

クロノが尋ねると、エレナはそっぽを向いた。もじもじと太股を擂(す)り合わせている。

「何か悪い顔をしてたから——」

「期待した？」

「してないわよ！」

エレナは顔を真っ赤にして叫(さけ)んだ。

「じゃ、僕はピクス商会に行ってくるよ」

「あまりお金を使いすぎないでね」

「分かりました」

エレナが一転して真面目(まじめ)な顔で言い、クロノは降参と両手を上げた。

※

クロノが侯爵邸(こうしゃくてい)を出ると、ゴルディの工房(こうぼう)からはカーンという槌(つち)を打つ音が響(ひび)き、紙の工房からは湯気が立ち上っていた。どちらの工房も順調に稼働しているようだ。

正門に向かい、工房の前で足を止める。そこではゴルディが木材を並べていた。視線に気付いたのだろう。ゴルディが振り返る。

「おや、何か用ですかな？」

「用って訳じゃないけど、何をしてるのかなって」

「ああ、以前作った器械をメンテナンスしていた所ですぞ」

「何を作ったのでありますか？」

クロノは視線を横に向けた。すると、そこにはフェイが立っていた。

「版画機ですぞ」

「版画機とは何でありますか？」

「名前の通り、版画を刷る器械ですな」

フェイが不思議そうに首を傾げ、ゴルディが胸を張って答える。

「そういえば作ってもらったね。ぶどうの搾り器をベースにしたんだっけ？」

「そうですぞ。均等に圧力が掛かるように調整するのに手間取りましたな」

「大変苦労したのでありますね」

ゴルディが当時を懐かしむような口調で言うと、フェイはしみじみと頷いた。

「何故、版画機を作ったのでありますか？」

「前に版画で絵本を作った時にどうすれば効率よく版画を刷れるかって話になってさ。それで作ってもらったんだよ」

「版画？　絵本？　あ～、なるほどであります」

フェイは首を傾げ、ポンと手を打ち鳴らした。どうやら納得してくれたらしい。

「私は版画機を使っている所を見たことがないであります。何故でありますか？」

「少部数の本を作るには向いてなかったんだよ」

「なるほどであります」

クロノが説明すると、フェイは頷いた。ふとあることに気付いた。

「そういえば今日はトニーと一緒じゃないの？」

「——ッ！」

フェイは息を呑み、クロノから顔を背けた。

「逃げられた？」

「午前中は救貧院で勉強らしいであります」

「あ～、そういえばそうだったね」

フェイが何処か拗ねたように言い、クロノは思わず声を上げた。

「シオン殿に弟子を取られそうで気が気じゃないであります」

「トニーは剣術が好きそうだから心配しなくてもいいと思うよ」

「気が気じゃないであります！」

フェイは語気を強めて繰り返した。

「シオン殿に弟子を取られたら指導力を疑われてしまうであります。子ども一人まともに指導できないと思われたら出世の道は閉ざされたも同然であります」

「いや、そんなことは――」

「誠でありますか⁉」

フェイはクロノの言葉を遮って言った。期待に目が輝いている。

そんなことはないよ、と言ったらトニーの指導を投げ出しそうだ。

「指導力も考慮します」

「期待させておいてあんまりであります！」

フェイは口惜しげに地団駄を踏み、深々と溜息を吐いた。

「今までの努力が横槍を入れられて水泡に帰すばかりか、マイナス評価になるなんて世の中は間違っているであります。無情であります」

「でも、世の中って割とそういう所があるよね」

「そこは否定して欲(ほ)しかったであります」

フェイは呻くように言った。だが、高校受験の日に予兆も説明もなく異世界に転移してしまった身としては理不尽(りふじん)で当然と感じる部分がある。

「そういえばボウティーズ男爵領に行くとのことでしたが、馬車はどちらを？」

「幌(ほろ)馬車にしようと思ってる」

「ならば幌を付けておきますぞ」

「忙(いそが)しいのにごめんね」

「脱着式(だっちゃくしき)に改造してありますからな。大した手間ではありませんぞ」

「じゃ、よろしくね」

「承(うけたまわ)りましたぞ」

クロノは正門に向かって歩き出し、すぐに足を止めた。振り返って元来た道を戻る。

「どうかしましたかな？」

「ゴルディに作って欲しいものがあるんだけど……」

クロノはその場に跪(ひざまず)き、木の棒で地面に図を描いた。ゴルディは図を覗(のぞ)き込み――。

「これは何ですかな？」

「これは――」

クロノは図――作って欲しいものについて説明した。

「作れそう？」

「そうですな。いくつか工夫が必要ですが、やってやれないことはないと思いますぞ」

「お願いできる？」

「分かりましたぞ。クロノ様が戻られるまでに作っておきますぞ」

「ありがとう」

「礼には及びませんぞ」

よろしく、とクロノはゴルディの肩を叩き、改めて正門に向かった。気配を感じて隣を見ると、フェイが歩いていた。視線に気付いたらしくこちらを見る。

「何でありますか？」

「何処に行くのかなと思って」

「何を言うかと思えばクロノ様の護衛に決まっているであります」

「ピクス商会に行くだけだから別に護衛は――」

「ご迷惑だったでありますか？」

フェイはクロノの言葉を遮って問い掛けてきた。護衛は必要ないと言ったら泣き出しはしなくても落ち込みそうだ。だから――。

「そんなことはないよ」

「なら問題ないでありますね」

フェイは上機嫌(じょうきげん)で歩き出した。

※

クロノがピクス商会の扉(とびら)を開けると、澄(す)んだ音色が響き渡(わた)った。ドアの内側に付けられた金属の棒――ドアチャイムが鳴る音だ。やや遅(おく)れてニコラが駆(か)け寄ってきた。

「クロノ様、ようこそおいで下さいました。本日はどのようなご用件でしょうか？」

「少し長くなるんですが……」

「そういうことでしたらこちらへ」

ニコラに先導され、店の奥(おく)にある応接室に移動する。

「どうぞ、お掛けになって下さい」

「ありがとうございます」

クロノがソファーに座ると、ニコラは対面の席に座った。フェイは立ったままだ。

「フェイ、座らないの？」

「私は護衛なので立ったままで結構であります」

「それは立派な心掛けですね」

「それほどでもないであります」

ニコラが柔らかな口調で言うと、フェイは満更でもなさそうな顔をした。

「では、改めまして。本日はどのようなご用件でしょうか？」

「実は僕の副官であるミノさんの故郷に行くことになりまして、その際に持っていく贈答品を買いに来たんです」

「そうでしたか。ところで、ミノ様の故郷はどちらで？」

「ボウティーズ男爵領ですが、ご存じですか？」

「ええ、これでも商人の端くれですから」

ニコラはやんわりと微笑んだ。

「贈答品を何になさるか決めていらっしゃいますか？」

「故郷に錦を飾って欲しいとは考えていますが、それ以上のことは……。その辺りも含めて相談に乗ってもらえればと思いまして」

「そうですね。貴族の方が部下の家族に贈り物をするとなると……」

ニコラは思案するように手で口元を覆った。

「反物は如何でしょう？　古い時代には家臣に反物を下賜するという習慣がありましたので贈答品として自然ではないかと」

「なるほど、どれくらい反物を持っていけばいいと思いますか？」

「それは私には分かりかねます」

「ですよね。あ、ちょっと待って下さい」

クロノはポーチから通信用マジックアイテムを取り出した。

「ミノさん、聞こえる？」

『………へい、どうかしやしたか？』

仕事中だったのだろう。やや間を置いてミノが答えた。

「ミノさんの一族って何人くらいいるの？」

『今の人数は分かりやせんが、五十戸くらいだったと思いやす』

「分かった。ありがとう」

『どういたしやして』

クロノはポーチに通信用マジックアイテムをしまった。

「五十戸くらいらしいです。四人家族として……二百人分でしょうか」

「承知いたしました。では、見本を持って参りますので少々お待ち下さい」

ニコラはソファーから立ち上がると応接室から出て行った。しばらくして――。

「二百人分とは結構な金額になりそうでありますね」

「ミノさんにはお世話になってるからね。これくらいはしないと」

フェイが小さく呟き、クロノはソファーに寄り掛かった。

「クロノ様はお優しいでありますね」

「さっきも言った通り、お世話になってるからそれに報いたいだけだよ」

「なら言い直すであります。クロノ様は律儀でありますね」

ありがとう、とクロノは苦笑した。

※

夕方――クロノ達は反物を選び終えるとピクス商会を出た。そのまま救貧院に向かう。夕方ということもあってか、受付の女性は暇そうにしていた。

「おや、クロノ様。何か用ですか？」

「シオンさんに会いに来たんです」

「ああ、院長なら部屋にいますよ」

「ありがとうございます」

クロノは礼を言って、救貧院に入った。衝立で区切られたホールを抜けて二階に上がり、突き当たりにある院長室の扉を叩く。だが、返事はない。

「返事がないであります。これは帰るしか──」

「失礼します」

クロノはフェイの言葉を無視して部屋に入った。シオンは机に向かったまま船を漕いでいた。部屋の中程まで進むと、シオンはゆっくりと目を開け──。

「──ッ！　す、す、すみません！」

いきなり立ち上がって頭を下げた。

「こっちこそ、勝手に入ってごめんね」

「い、いえ、居眠りしていた私がいけないんです」

シオンは申し訳なさそうに俯き、上目遣いでクロノを見た。

「あ、あの、本日はどのようなご用件でしょうか？」

「実はカド伯爵領に港を作ることになったんだ。それで、黄土神殿の近くにあった大きな岩を建材に使っていいか聞きに来たんだけど……」

「いいですよ。あの岩は私が小さい頃に地面から飛び出させたものですから」

シオンは寂しそうに言った。小さい頃——神威術を使えた頃という意味だろう。

「本当にいいの？」

「はい、役立てて頂ければ……」

「ありがたく使わせてもらうね」

はい、とシオンはやはり寂しそうに笑った。

※

夜——クロノは湯浴みを終えて部屋に戻るとベッドに倒れ込んだ。今日はハードな一日だった。疲労感と眠気が押し寄せてくる。意識が徐々に遠のき——。

「——クロノ様？」

「——ッ！」

クロノは名前を呼ばれて飛び起きた。周囲を見回す。すると、ベッドの傍らにレイラが立っていた。体を清めてから来たのだろう。髪が湿っている。

「あ、ごめん。眠ってた」

「いえ、お忙しいのは承知していますので……」

あの、とレイラは続けた。恥ずかしそうに頬を上気させ、もじもじしている。

「今日は、その、控えた方がよろしいでしょうか？」

「そう……いえ、そんなことはありません」

クロノは同意しかけ、頭を振った。レイラが傷付いているように見えたのだ。

男には無理を通さなければならない時がある。

「よろしいのですか？」

「大丈夫です」

「では、ご寵愛を頂きたく……」

レイラは恥ずかしそうに軍服を脱いだ。可愛らしいデザインの下着が露わになる。初めて見るデザインだ。無理を通してよかったと心から思う。

「……そのままでいいよ」

「は、はい」

クロノがベッドに横たわると、レイラは困惑しているかのような表情を浮かべた。ベッドに上がっていいのか考えているのだろう。しばらくしてそっとベッドに膝を乗せる。

「……上に乗ってくれないかな？」

「――ッ！　で、できませんッ！」

レイラは息を呑み、クロノのお願いを拒んだ。

「前は自分からやってくれたのに？」

「あ、あの時は……」

正気を失っていました、とレイラは消え入るような声で呟いた。

「上に乗って、お願い」

「………は、はい、分かりました」

今度はお願いする。長い沈黙の後でレイラは頷いた。

「し、失礼します」

「はい、どうぞ」

レイラはおずおずとクロノに跨がった。遠慮しているらしく膝立ちになっている。

「もう少し下だよ、もう少し下」

「も、もう少し下ですか」

レイラは躊躇いがちに下──腰の方へと移動する。

「はい、ゆっくり腰を下ろして」

「は、はい。──ッ！」

レイラはゆっくりと腰を下ろし、熱いものに触れたかのように再び膝立ちになった。縋るような視線を向けてくるが、お願いに変更はない。再び腰を下ろす。途中でびくっと震えたが、今度はちゃんと腰を下ろすことができた。

ふぅぅ、とレイラは息を吐き、クロノに覆い被さってきた。

「これからどうすれば？」

「しばらくこのまま楽しませて欲しいな」

「このまま──ッ！」

レイラは息を呑んだ。クロノがお尻に触れたせいだ。そのままお尻を掴み、前後に揺する。最初は困惑しているかのような表情を浮かべていたが、何かに耐えるような表情に変わり、さらに切なそうな表情に変わった。じっとりとした感触が伝わってくる。

「あの、クロノ様？」

「このまま楽しませてね？」

はい、とレイラは蚊の鳴くような声で言った。クロノはお尻を鷲掴みにしたまま前後に揺する。じっとりした感触が増し、レイラは濡れたような視線を向け──。

「──ッ！」

ハッと息を呑んだ。クロノが頭の後ろで手を組んでいることに、さらには自分から腰を振っていたことに気付いたからだ。頬が朱に染まる。

「今度はレイラのお願いを聞きたいな？」

「あ、あの、ご寵愛を……」

頂けないでしょうか？　とレイラは消え入りそうな声で言った。

「分かった。いつかみたいによろしくね？」

「……はい」

レイラはさらに下へ移動するとクロノのズボンを下ろした。そして、膝立ちになって再び元の位置に戻り、ショーツの紐に手を掛けた。ぎゅっと目を閉じて紐を引き、ぶるりと身を震わせる。

「ご奉仕させて頂きます」

そう言って、レイラはゆっくりと腰を下ろした。

※

翌朝――クロノが欠伸を噛み殺しつつ外に出ると、玄関を出てすぐの所にレイラが立っていた。申し訳なさそうにしている。

「レイラ、おはよう」

「おはようございます。昨夜はすみませんでした」

「僕の方こそ、ごめんね」

「いえ、クロノ様が謝ることでは……」

すみません、とレイラは蚊の鳴くような声で言った。クロノが歩き出すと、レイラはやや遅れて付いてきた。庭園には幌馬車が止まっている。すでに荷物を積み終えているのだろう。幌馬車の傍らにはミノとアリッサが立っていた。

「二人とも、おはよう」

「おはようございやす」

「おはようございます」

クロノが声を掛けると、ミノはぺこりと、アリッサは恭しく頭を下げた。

「こんなに土産を頂いちまって申し訳ありやせん」

「ミノさんにはいつもお世話になってるからね。これくらい当然だよ」

「重ね重ねありがとうございやす」

クロノはアリッサに視線を向けた。

「アリッサ、屋敷のことをよろしくね」

「お任せ下さい、旦那様」

アリッサは背筋を伸ばし、胸に手を当てて言った。ケイン達――ケイン、フェイ、サッブ、アルバ、グラブ、ゲイナーの六人がやって来たのはそんな時だ。ケインとサッブは歩いて、フェイ、アルバ、グラブ、ゲイナーは馬に乗って近づいてくる。

「悪ぃな。打ち合わせが長引いちまった」

「僕も来たば――」

「おはようございますであります！」

フェイがクロノの言葉を遮り、ケインは小さく溜息を吐いた。

「サッブ、お前は御者席に座ってろ」

「へい、お頭」

「だから、お頭は止めろ。俺達はクロノ様麾下の騎兵隊なんだからよ」

「へへ、そいつは失礼しやした。傭兵時代の癖が抜けないもんで」

サッブは前歯の欠けた歯を剥き出して笑い、御者席に向かった。

「そういや姫さんは？」

「まだ寝てるんじゃないかな？」

「薄情なもんだな」

ケインが溜息交じりに言った直後、バンッという音が響いた。玄関の扉が開く音だ。反射的に玄関を見ると、ティリアが足早に近づいてきた。エリルも一緒だ。

「ティリア、おはよう」

「うむ、おはよう。危うく寝過ごす所だったぞ」

ティリアは手の甲で目を擦りながら挨拶を返してきた。

「アリッサは起こしてくれなかったの？」

「今日は自分で起きようと思ったんだ」

ティリアはクロノから顔を背けながら言った。アリッサに視線を向ける。彼女は困ったような、微笑ましいものを見ているような表情を浮かべている。

「私も一緒に行ければよかったのだが……」

「……皇女殿下はエラキス侯爵領から出てはいけない」

エリルがぼそっと呟く。

「カド伯爵領に行ったばかりだぞ？」

「……訂正する。皇女殿下はエラキス侯爵の領地から出てはいけない」

「だそうだ」

ティリアはうんざりしたように言ったが、エリルの言葉は正しい。皇位継承権を失ったとはいえ皇女という立場は変わらない。死ぬまで軟禁されても不思議ではないのだ。

「お前の無事を――」

「そろそろ出発でありますよ！　出発ッ！」

「ぐぬッ！」

フェイに言葉を遮られ、ティリアは呻いた。

「フェイもああ言ってるし、行ってくるね」

「ああ、行って――」

「クロノ様！」

再びティリアの言葉が遮られる。今回遮ったのはレイラだ。彼女は感極まったように抱きついてきた。ぐぬッ、とティリアが再び呻く。

「どうかご無事で」

「心配しなくても大丈夫だよ」

クロノが優しく髪を撫でると、レイラは名残惜しそうに離れた。

「……クロノ」

名前を呼ばれて視線を向けると、ティリアは両腕を広げた。

「来い」

「……はい」

クロノが歩み寄ると、ティリアは力強く抱き締めてきた。さらに背中に手を回してバシバシッと叩く。音の割に痛みは感じない。ティリアはクロノから離れ――。

「……おかしい」

ぼそっと呟いた。再びクロノを力強く抱き締め、バシバシバシッと背中を叩く。

「何かおかしくないか？　さっきの抱擁と違わないか？」

「大丈夫だよ」

「そうか？」

ティリアは不思議そうに首を傾げながら離れた。クロノはそんな彼女に背を向け、幌馬車に乗った。贈答品のせいで幌馬車は三分の一ほどが埋まっている。

「失礼しやす」

ミノが乗ると、幌馬車が少しだけ沈んだ。

「さあ、行くでありますよ！」

「「「「へい！」」」」

フェイが声を張り上げると、サッブ、アルバ、グラブ、ゲイナーの四人が声を上げた。

ゆっくりと幌馬車が動き出した。

第二章　『賭け』

夕方――レイラは詰め所の机に向かい、深い溜息を吐いた。クロノ達がエラキス侯爵領を発って三日が過ぎた。何事もなければボウティーズ男爵領に着いているはずだが、心配で仕方がない。再び溜息を吐くと、風が吹き込んできた。誰かが扉を開けたのだ。

「あ～、寒い寒いみたいな。こんな日は温かいものが食べたいし」

「報告が終わったら元女将のお店で香茶していくみたいな」

扉を開けたのはアリデッドとデネブだった。二人に視線を向け、三度目の溜息を吐く。

「レイラに溜息を吐かれたし。へいへい、その態度はどうなのみたいな？」

「悩み事があるならちょっとくらい相談に乗るし」

一人は対面の席、もう一人は側面の席に座った。クロノはどちらがアリデッドで、どちらがデネブなのか分かるようだが、レイラは未だに見分けが付かない。

「アリデッド、デネブ、その前に報告をして下さい。それに部下は？」

「異常なしみたいな！」

「報告だけだから部下は先に帰らせましたみたいな！」

アリデッドとデネブは背筋を伸ばして言い、身を乗り出してきた。

「それで、どうして溜息を吐いてたのみたいな？」

「クロノ様にご寵愛を頂けなくてアンニュイみたいな？」

「……出発前夜にご寵愛を頂きました」

レイラは少し間を置いて答えた。

「ほうほう、だったらどうして溜息を吐いたのみたいな」

「クロノ様が無事か心配していたのは分かるけど、あえて聞いちゃうみたいな」

「はい、クロノ様が無事か心配していました」

ふぅ、とレイラは四度目の溜息を吐いた。溜息を吐いてばかりだ。

「ああ見えてクロノ様は生命力旺盛だから大丈夫みたいな」

「……痛いほど気持ちが分かるし」

ふぅ、と一方が溜息を吐いた。

「アリデッド・チョップ！」

「あうッ！」

一方——アリデッドがチョップを繰り出し、もう一方——デネブが声を上げた。今までの遣り取りを思い出す。どうやらアリデッドが先に話し、デネブが追従していたようだ。

「どうして、チョップするのみたいな？」

「デネブまでアンニュイになったら困るみたいな！　たった一人で場の空気を盛り上げるこっちの身にもなって欲しいし！　荷が勝ちすぎるみたいなッ！」

アリデッドは声を張り上げ、バシバシと机を叩いた。場の空気を盛り上げる。その使命感が何処から湧いてくるのか分からないが、彼女なりに気を遣ってくれていたようだ。

「それで、夜伽の方はどうなのみたいな？」

「満足して頂いていると思います」

「羨ましいな～みたいな」

アリデッドに答える。すると、デネブがぼやくように言った。

「満足して頂いていないのですか？」

「あたしらは満足してもらっている自信があるし」

「そこはちょっと自信があるみたいな」

アリデッドは胸を張りながら、デネブは恥ずかしそうに頬を紅潮させながら言った。

「一体、何が羨ましいのですか？」

「その、回数的な部分とか」

「……なるほど」

デネブが少しだけ不満そうに言い、レイラは少し間を置いて頷いた。やはり人数が増えるとこういう不満が出てくるようだ。となると——。

「スケジュールの調整が必要かも知れません」

「レイラに同意だし。クロノ様は姫様とした後はふらふらしてるみたいな」

「クロノ様に乗り気でなさそうな態度を取られるのは傷付くし」

うんうん、とアリデッドとデネブは頷いた。

「問題は誰が調整役をやるかみたいな。レイラ、できそう？」

「私がですか⁉」

アリデッドに問い掛けられ、レイラは軽く目を見開いた。誰かが調整役を務めなければいけないことは分かるが、自分にそんな大役が務まるだろうか。ティリア皇女と交渉する自分を思い浮かべる。どうしてだろう。勝つイメージが湧いてこない。

「……無理です」

「あたしも調整役をこなす自信がないみたいな」

「あたしも無理だし」

アリデッドとデネブは溜息交じりに言った。

「やはり、ここは女将に頼むのが一番みたいな」

「そうですね」

「いいアイディアかもみたいな」

アリデッドは神妙な面持ちで言い、レイラとデネブは頷いた。

「じゃ、ちょろっとあたしがお願いしてくるみたいな」

「お願いします」

「お姉ちゃんが頼もしいし」

「あたしはいつでも頼もしいみたいな」

そう言って、アリデッドは胸を張った。

※

軽い衝撃でクロノは目を覚ました。幌馬車が石か何かに乗り上げたのだろう。もう一眠りしようと目を閉じ、途中で騎兵に呼び止められたことを思い出す。領境で通行税を支払ったのにまた要求されるとは思わなかった。

揉めたくなかったので支払ったが、あれは騎兵が小遣い稼ぎをしていたに違いない。やけに高価そうな装備に身を包んでいたことを思い出してイラッとする。いや、終わったことでイラッとしても仕方がない。そう自分に言い聞かせる。苛立ちが収まった頃――。

「大将、着きやしたぜ」

「……もう着いたんだ」

ミノに声を掛けられ、クロノは再び目を開けた。幌馬車は止まっているようだ。立ち上がって背筋を伸ばす。長時間、同じ姿勢でいたせいだろう。体のあちこちが痛い。

「先に下りやす」

ミノが幌馬車から飛び降り、クロノも後に続いた。周囲を見回すと、そこは森の中だった。道を遮るように小川が流れ、その奥には集落がある。さらにそのずっと奥には山があった。高さはそれほどでもない。白い山肌――恐らく、山自体が巨大な大理石の塊なのだろう――が剥き出しになっていて、怖いくらい傾斜が急だ。

「は～、ようやく到着でありますね」

背後から声が響く。振り返ると、フェイが近づいてきた。馬には乗っていない。

馬は、と彼女の背後に視線を向ける。すると――。

「よ～し、今日はここで野営だ。手綱を木に巻き付けて準備をするぞ」

「「うっすッ！」」

サッブが声を張り上げ、アルバ、グラブ、ゲイナーの三人が威勢のいい声を上げる。

四人は散開し、野営の準備を始めた。

「ここがミノ殿の故郷でありますか？」

「ああ、ここが俺の故郷だ。家を飛び出した時とちっとも変わってねぇ」

ミノは歩み出て、呟いた。懐かしんでいるようにも、憎しみを堪えているようにも感じる声だった。家を飛び出した理由を聞きたかったが、ぐっと堪える。必要なら自分から言ってくれるはずだと考えたのだ。

カタンという音が響く。反射的に音のした方を見る。すると、ミノタウロスの女性がこちらを見ていた。足下には桶が転がっている。恐らく、先程の音は桶を落とした際のものだろう。ミノタウロスの女性はぶるぶるぶると身を震わせている。そして――。

「アリア！」

「兄さん！」

ミノが名前を叫ぶと、ミノタウロスの女性――アリアも叫び返した。どうやら彼女はミノの妹らしい。ミノとアリアはどちらからともなく駆け出し、抱き締め合った。

「兄さん！　どうして、家を出て行ったのッ？」

「すまねぇ。俺は、俺は――ッ！」

ミノは苦しげに言葉を吐き出した。どうやら家族仲が悪くて家を飛び出した訳ではないようだ。よかった。鼻の奥がツンとする。マズい。泣いてしまいそうだ。その時、ズズーという音がした。隣を見ると、フェイが涙目(なみだめ)で鼻水を啜(すす)っていた。いや、彼女だけではない。いつの間にかやって来ていたサッブ、アルバ、グラブ、ゲイナーの四人も涙目で鼻水を啜っている。鼻水を啜る音の五重奏だ。

「感動の再会でありますね」

「そうッスね、姐(あね)さん。俺も家族のことを思い出しちまいました」

フェイが指で涙を拭(ぬぐ)いながら言うと、サッブは震える声で言った。俺も、とアルバ、グラブ、ゲイナーの三人が続く。クロノは何故(なぜ)だか涙が引っ込んでしまった。いや、理由は分かっている。鼻水を啜る音の五重奏を聞いたせいだ。僕の感動を返せと言いたい。

「クロノ様はどうでありますか？」

「……」

「ま、まま、まさか、あの感動的な光景を見て、感動していないのでありますか⁉」

「「「「――ッ！」」」」

クロノが黙(だま)っていると、フェイが信じられないと言わんばかりの表情を浮かべた。サッブ、アルバ、グラブ、ゲイナーが息を呑(の)む。フェイと同じ表情を浮かべている。

「してるよ、感動」

「本当で――」

「母さん！　兄さんが！　ミノ兄さんが帰ってきたわッ！」

フェイの言葉はアリアによって遮られた。静寂が舞い降りる。しばらくして家の扉が開いた。出てきたのは年老いたミノタウロスの女性だ。

「ミ、ミノ！」

「か、母ちゃん！　母ちゃ～んッ！」

アリアが離れ、ミノは母親に向かって駆け出した。ぎゅっと抱き締め、体を震わせる。

多分、泣いているのだろう。

「感動の再会でありますね」

「そーですね」

フェイが感極まったように言い、クロノは頷いた。ズズー、ジュルジュル、と鼻水を啜る音が聞こえる。感動したい。感動したいのだが、鼻水の音がそれを許してくれない。バンバンバンッ、と家の扉が次々と開く。出てきたのはミノタウロス達だ。

「ミノだって！」

「本当だ！　ミノだッ！」

「皆、ミノだ！　ミノが帰ってきたぞッ！」

ミノタウロス達が口々に叫び、扉の開く音があちこちから響く。さらに集落の奥からミノタウロスの一団が姿を現した。先頭を歩いていたミノタウロスが足を止める。隻眼のミノタウロスだ。どう見ても堅気ではない。ひょっとしてあれがミノの父親だろうか。

「親父！　親父ぃぃぃッ！」

「ミノ！　ミノかッ！」

ミノと隻眼のミノタウロス――ミノの父親が走り出した。距離が詰まり、あと数歩で感動の抱擁という所でミノの父親は大きく足を踏み出した。

ミノは止まれない。豪腕が唸り、拳が横っ面を捉えた。一体、どれほどの力が秘められていたのだろう。ミノは吹っ飛び、二転三転してようやく止まった。もう一度殴るつもりなのだろう。ミノの父親が拳を振り上げる。だが――。

「ハッ！　止めろッ！」

「そうだぜ、ハッさん！　折角の親子の対面じゃねぇか！」

周囲にいたミノタウロス達が間に割って入った。どうやらミノの父親はハッという名前らしい。ミノがむくりと体を起こす。

「何しやがる、クソ親父ッ！」

「それはこっちの台詞だ！　馬鹿息子ッ！」

「チッ、戻ってきたらこれだ」

ミノはそっぽを向き、きょろきょろと周囲を見回した。

「……兄貴達は？」

「死んじまったよ」

「――ッ！」

ハツが吐き捨てるように言い、ミノは息を呑んだ。

「い、いつ死んだんだ？　病気か？」

「事故だ。お前が出て行ってしばらくして落石に巻き込まれたんだ。それで、今まで何処をほっつき歩いていやがったんだ？」

「……俺は軍人になったんだ」

ミノは項垂れ、ぼそぼそと呟いた。

「はッ、家業から逃げ出した半端者に軍人なんかが務まるかッ！」

「違う！　俺は本当に軍人になったんだッ！　エラキス侯爵領で働いているッ！」

「だったら、その証拠を見せてみろッ！」

クロノは小川を越え、ミノに歩み寄った。

「何だ、てめぇは？」

「——ッ！」

ハツがクロノを睨み付け、ミノがハッとしたように振り返る。

「僕はミノさんの上司でクロノ・クロフォードと申します。ボウティーズ男爵領の北にあるエラキス侯爵領とカド伯爵領の領主を務めています」

「何だと？」

ハツの眼光が鋭くなる。ものすごく怖いが、逃げ出す訳にはいかない。

「ミノさんは副官として立派に僕を支えてくれています」

「兄さん！」

「嘘に決まってる。亜人を副官にするなんて聞いたことがねぇ」

「でも、軍服を着てるぞ？」

「馬鹿、軍服くらい作れるだろ」

「そりゃそうだけどよ。軍服を作って俺達を騙して何の得があるんだよ」

アリアが感極まったように叫び、ミノタウロス達がざわめく。

「フェイ、幌馬車に積んである贈答品を持ってきて！」

「サッブさん、アルバさん、グラブさん、ゲイナーさん、お願いするであります！」

「「「うっすッ！」」」

クロノが声を張り上げると、フェイはサッブ達に仕事を丸投げした。サッブ達は幌馬車に向かい、しばらくして贈答品を入れた木箱を担(かつ)いでやってきた。

「クロノ様、贈答品はここにおいてよろしいですかい？」

「うん、お願い」

「「「うっす！」」」

サッブ達はそっと地面に木箱を置き、蓋(ふた)を開けた。当然のことながら箱の中にあるのはピクス商会で購入(こうにゅう)した反物(たんもの)だ。わぁッ、とミノタウロス達が歓声(かんせい)を上げ、クロノは内心胸を撫で下ろした。喜んでもらえなかったらと少しだけ心配していたのだ。

「これは心ばかりの贈(おく)り物(もの)になります。お受け取り下さい」

ミノタウロス達が足を踏み出した次の瞬間(しゅんかん)――。

「待てッ！」

ハツが声を張り上げた。ミノタウロス達がぴたりと動きを止める。

「……あのよ、本当に倅(せがれ)は軍人として働いてんのか？」

「だから、そう言ってるじゃねぇか」

「おめぇにゃ聞いちゃいねぇッ！」

ミノがうんざりしたように言い、ハツは声を荒らげた。

「で、どうなんでぃ？　俺の息子は亜人だが……」

「ミノさんは立派な軍人です。彼がいなければ僕はこうして皆さんの前に立つことができなかったでしょう。感謝の気持ちをもので表すなんてと思われるかも知れませんが、受け取って頂けると助かります」

「分かった。ありがたく受け取らせてもらう」

ハツは頭を掻きながら言うと振り返った。

「お前ら！　クロノ様とやらからの贈り物だッ！　喧嘩にならねぇように分配方法を決めるから一度集会所に運ぶぞッ！」

ハツは木箱に歩み寄り、軽々と担ぎ上げた。

「テツ、ノス、ハチ、手伝え」

「「「へい！」」」

三人のミノタウロスが歩み出て、これまた軽々と木箱を担ぎ上げた。

ハツが先頭に立って歩き出すと、アリアとミノの母親を除く全員が後に続いた。

「くそッ、目も合わそうとしねぇ」

「兄さん、立てる？」

「こんなの屁でもねぇ」

ミノは手の甲で口元を拭い、立ち上がった。足取りはしっかりしている。

「……親父も歳を取ったな」

「そうね。本当は楽をさせてあげたいんだけど……」

ミノがぽつりと呟くと、アリアは悲しげに言った。あの、とミノの母親が近づいてくる。

「どうかしましたか？」

「私はミノの母親でタケと申します。先程は主人が大変なご無礼を……」

「初対面なんですから仕方がないですよ」

クロノは苦笑した。正直にいえばもっと穏便な対応をして欲しかった。

だが、世の中には言わなくていいことがあるものだ。

「重ね重ね申し訳ありません。それで、先程の……息子は、ミノは本当にお役に立っているのでしょうか？　この子は昔から集中力がなくて――」

「母ちゃん！」

ミノが悲鳴じみた声を上げ、クロノは再び苦笑した。気持ちはよく分かる。子どもの頃のことを引き合いに出されるのは恥ずかしいものだ。

「タケさん、ご子息は本当に頼りになる副官です。彼がいなければ僕は初陣で死んでいたでしょう。今の僕があるのは彼のお陰です。どうか、誇りに思って下さい」

「お、おお――ッ！」

タケは両手で顔を覆うと、おいおいと泣き始めた。

「母ちゃん、恥ずかしいから止めてくれよ」

「な、何が恥ずかしいんだい！　十年以上前に家を飛び出した息子が立派に成長して戻ってきたんだよ！　それを喜ばない親が何処にいるんだいッ！」

タケが涙ながらに言うと、ミノはそっぽを向いた。殴られた時は怒れたが、泣かれるとどうしようもないのだろう。クロノはミノの背中を軽く叩いた。

「積もる話もあるだろうし、今日は家族とゆっくりと過ごしなよ」

「よろしいんで？」

「この雰囲気だと話を切り出せそうにないしね」

耳を澄ますと、遠くからぶも～、ぶも～という声が聞こえる。

「大将達は――」

「僕らは野営するから」

「申し訳ありやせん。それじゃ、お言葉に甘えさせて頂きやす」

「うん、家族は大事にしないとね」

クロノがもう一度腰を叩くと、ミノはタケとアリアと一緒に自分の家に向かった。

家の扉が閉まり、クロノはホッと息を吐いた。

「サッブさん、アルバさん、グラブさん、ゲイナーさん、続きをお願いするであります！」

「「「「うっす！」」」」

フェイが声を張り上げると、サッブ達は続き——野営の準備を再開するために幌馬車の所へ向かった。フェイがクロノの隣に立つ。

「ミノ殿は故郷に錦を飾れたでありますね」

「そうだね」

「何か気になることでもあるのでありますか？」

クロノが溜息交じりに応じると、フェイは不思議そうに顔を覗き込んできた。

「できれば下心なしで故郷に錦を飾らせてやりたかったなと思って。あと、あんなに喜んでもらうと、こう、チクチクと罪悪感が……」

「クロノ様は律儀な上、繊細でありますね」

そういえば、とフェイは思い出したように言った。

「ミノ殿の一族に何をさせるつもりでありますか？」

「港建設だよ。言わなかったっけ？」

「その後のことであります」

「港が完成したら荷運びとか、エラキス侯爵領とカド伯爵領を結ぶ街道の整備とかをやって欲しいなって考えてる。あとは塩田かな」

商人に港を利用してもらえるか分からないし、ちゃんとした塩田を作れるか分からないけど、とクロノは心の中で付け加えた。

「どうかしたのでありますか？」

「今更だけど、ひどい取引だよね。何の保証もできないのに今の生活を捨ててくれって言おうとしてるんだからさ。断られて当然って気がする」

「クロノ様は考えすぎであります」

「いや、でも、責任者が考えなしなのはマズいでしょ？」

「では、言い直すであります。クロノ様は一人で考えすぎであります」

「そうかな？」

「そうであります」

フェイは頷き、肩越しに背後を見た。つられて背後を見ると、サッブ達が野営の準備を進めていた。天幕を張り、石で竈を作っている。やはり見事な手際だ。

「私は手際よく野営の準備ができないであります」

「軍学校ではあまり教えてくれないからね」

「だから、サッブ殿に任せるのが一番だと判断したのであります」

「……なるほど」

クロノはやや間を置いて頷いた。やたらと丸投げするなと思ったが、任せた方が上手くいくと判断した結果だったようだ。フェイも成長しているということか。

「クロノ様は弱いであります」

「そりゃ、まあ、そうだね」

否定したかったが、事実だ。エルフやドワーフの新兵には何とか勝てるが、同じ新兵でも獣人には体力差がありすぎて勝てない。

「私は強いであります」

「そりゃそうだけど！　もっとやんわり！　もっとやんわり言ってッ！」

むふー、とフェイが胸を張り、クロノは声を張り上げた。

「けど、強いだけで何でもできるという訳ではないであります。人間は一人で何でもできる訳じゃないのであります。それはクロノ様も一緒であります。長くなってしまったであります が、何が言いたかったかと言えば！」

「何が言いたかったかと言えば？」

「ミノ殿は自分の一族に何が大切かを考えて決断を下したのだと思うのであります。だから、クロノ様は一人で考えすぎなくていいのであります」

「そうか。そうだよね」

「そうであります」

フェイはこくこくと頷いた。話が上手く繋（つな）がらない部分もあったが、かなり気分が楽になった。一人で何でもできる訳ではないし、自分だけが考えている訳ではないのだ。気負いすぎて視野が狭（せま）くなっていたのだろう。

「姐さん！　野営の準備が整いやしたッ！」

「すぐに行くであります！」

サップの声が響き、フェイは振り返って叫んだ。

「さあ、クロノ様はぐっすり休んで明日以降に備えるであります！」

「フェイはどうするの？」

「私は不寝番（ふしんばん）をするであります！」

クロノが尋（たず）ねると、フェイは胸を張って答えた。何だか嬉（うれ）しそうだ。ひょっとして不寝番に憧（あこが）れていたのだろうか。あまりいい予感はしないが――。

※

夜――すぅ～、すぅ～、と安らかな寝息が幌馬車の中に響く。フェイの寝息だ。不寝番をすると言ったのに夕食を食べると眠ってしまったのだ。彼女らしいが――。

「……護衛対象の太股を枕にするのってどうなの？」

クロノはぼやき、視線を落とした。フェイはクロノの太股を枕代わりに眠っている。突然、ゴンという音が響く。フェイの頭がクロノの太股から落ちた音だ。

「い、痛いであります」

フェイは寝返りを繰り返して方向転換、俯せになって動きを止める。さらに元の位置に戻ろうとして上――クロノの方へと移動し、腰に手を回してきた。股枕の完成だ。

「これはこれで悪くないんだけど、誤解されそう」

上半身を傾けるが、俯せになっているせいでおっぱいが見えなかった。残念無念と体を起こすと、びくっとフェイが震えた。手は剣の柄に添えられている。

「気配がしたであります」

「姐さん、クロノ様、開けやす」

フェイが呟いた直後、サッブが声を掛けてきた。今はマズい。だが、止める間もなく幌が開いた。サッブは驚いたように目を見開き——。

「誤解だから」

「分かってやす。俺もね。男なんでね。へへ、分かってやすぜ。じゃ、ごゆっくり」

クロノは機先を制して言ったが、サッブの誤解は解けなかった。彼はいいことをしたと言わんばかりの表情を浮かべて幌を閉めた。

「だから、誤解だって」

「痛ッ！」

クロノが立ち上がると、ゴンという音と共に濁った声が上がった。フェイが床に頭を打ち付けたのだ。だが、今は誤解を解く方が先だ。幌を開けて飛び降りる。

「クロノ様、ゆっくりしてていいんですぜ」

「だから、誤解だって」

「へへ、そういうことにしておきやす」

サッブは相好を崩し、指で鼻の下を擦った。いいことをしたな～という雰囲気を醸し出している。駄目だ。説得できそうにない。

「それで、何の用だったの？」

「へい、ミノタウロスの娘っ子が差し入れに来てくれたんでさ。なもんで、受け取っていいか伺っておこうと思いやして」

「折角のご厚意だから受け取っておこう。まだ受け取ってないよね？」

「もちろんでさ」

そう言って、サッブは歩き出した。慌ててその後に続く。幌馬車の後部には天幕と石で作った竈があった。アルバ、グラブ、ゲイナーの三人は竈を囲んでボーッとしている。

幌馬車の陰から出ると、小川の向こうに鍋を持ったミノタウロスの女性――アリアのはずだ――が立っていた。クロノは驚かさないように彼女に歩み寄った。

「アリアさん？」

「まあ⁉　私のことが分かるんですね」

アリアは驚いたように目を見開いた。サッブも驚いたように目を見開いている。

「サッブから聞きましたが、何でも差し入れを持ってきて下さったと」

「はい、兄から保存食しか持ってきていないと聞いたものですから。ただ……」

アリアは恥ずかしそうに目を伏せた。

「粗末な食材を使っているので貴族の方の口には合わないと思います」

「いえ、助かります」

クロノは微笑み、アリアから鍋を受け取った。

「それでは、私は家に戻りますので……」

「目と鼻の先ですが、気を付けて」

「はい、ありがとうございます」

アリアはぺこりと頭を下げるとクロノ達に背を向けた。小川を越え、何処となく軽い足取りで自分の家へと帰って行った。

「二度目になっちゃうけど、食べようか」

「へい、鍋は俺が持ちやす」

クロノはサッブに鍋を渡し、アルバ、グラブ、ゲイナーのもとに向かった。

※

翌朝――クロノは尿意を覚えて目を覚ました。体が重い。風邪でも引いたのだろうかと視線を落とすと、フェイがしがみついていた。誤解されるような真似をと思ったが、もっと寛容になるべきではないかと思い直す。
見よ、この胸の谷、もとい、あどけない表情を。こんな、おっ、いや、あどけない表情を見せられてムッとするなんて心に余裕のない証拠だ。上司たる者は心におっぱ、いやいや、余裕を持つべきだ。だが、いつまでもこうしてはいられない。膀胱が限界を訴えている。名残惜しいが、仕方がない。クロノはフェイから離れると幌を開けて外に出た。朝ということもあって少し肌寒いが、いい天気だ。

　木の陰に隠れて用を足し、小川の水で手を洗っていると、バンッという音が響いた。顔を上げると、ミノがハツに突き飛ばされる所だった。

「親父！　俺の話を聞いてくれッ！」

「何を聞けってんだ！　久しぶりに戻ってきたと思えば俺達を……家族を売り飛ばそうなんてどういう了見だ！　恥を知れ！　馬鹿野郎ッ！」

　ハツの怒声が響き渡る。びりびりと空気が震えるほどの声量だ。用を足した後でよかった。我慢している最中にあの声を聞いたら漏らしていただろう。

「そうじゃない！　俺は家族のことを考えて——」

「お前が考えてるのは家族のことじゃねぇ！　自分の出世のことだッ！」

　ミノの言葉をハツの怒声が遮る。何だ何だ、とミノタウロス達が家から出てくる。

「親父！　ちゃんと俺の話を聞いてくれッ！」

「うるせぇ、馬鹿野郎！」

　ハツは怒声と共に拳を繰り出した。拳が横っ面を捉え、ミノは尻餅をついた。

「てめぇはもう俺の息子じゃねぇ！　勘当だ！　二度と顔を見せるなッ！」

「親父！」

ミノが叫ぶが、ハツは聞く耳を持たず勢いよく扉を閉めた。ミノは立ち上がり、手の甲で口元を拭った。自分の家を見つめ、肩を震わせる。しばらくして家に背を向け、歩き出した。肩を落とす姿は痛々しかった。

「……ミノさん？」

「大将ッ！」

立ち上がって声を掛ける。ミノはハッと顔を上げ、気まずそうに頭を掻く。

「申し訳ありやせん。説得に失敗しやした」

「気にしなくていいよ。元々、説得は難しいと思ってたし」

「すいやせん」

ミノは呻くように言って小川を渡った。反転してその場にしゃがむ。両手で水を掬い、口を漱いで吐き出す。殴られた時に口の中を切ったのだろう。吐き出した水は血で染まっていた。それを何度か繰り返し、動きを止める。目を細め、集落を見つめる。

「……この村を見て、どう思いやす」

「いい村だと思うよ」

クロノが無難な答えを口にすると、ミノは小刻みに肩を揺らした。

多分、笑っているのだろう。

「本当のことを言って下せぇ」

「…………寂しい村だね」

悩んだ末に本当のことを口にする。この集落は森に埋もれるように存在している。そのせいだろうか。朽ちる日を待つ廃墟のように思えた。

「ここに来る前にも言いやしたが、あっしの一族はあの山から大理石を切り出して生計を立ててやす。朝から夕方まで大理石を切り出して運んで、ただただそれだけを繰り返してきた一族でさ」

「立派なことだと思うよ」

「あっしも……ああ、これは皮肉でも何でもありやせんが、あっしも他人事ならそう言えたと思いやす。他人の役に立つ仕事で、なけりゃ世の中が回らねぇ。そういう意味じゃ石切の仕事だって立派な仕事だと思いやす。けれど、あっしは立派な仕事だと思えやせんでした。嫌で嫌で仕方がなくて、それで家を飛び出したんでさ」

ミノが自嘲気味に言った。朝から夕方まで大理石を切り出して運ぶ仕事――口にすればそれだけだが、命の危険を伴う過酷な仕事だ。それでも、先祖代々そうしてきたように働かねばならない。働いて、働いて、働き続けて、事故か寿命で死ぬ。そんな先の見えた人生に耐えられなくなった。

分かると口にするのは容易いが、そこには理解も共感もない。気休めや慰めが救いになることはあるだろう。だが、ミノはそんなことを求めていないだろうし、何よりクロノ自身がそんな空虚な言葉を口にしたくなかった。彼の苦しみを侮辱したくなかった。

「大将、説得はあっしに任せちゃくれやせんか？」

「今更って気はするけどね」

「違いねぇ」

クロノが軽く肩を竦めると、ミノはくつくつと笑った。

「説得はミノさんに任せるよ」

「ありがとうございやす」

ミノは立ち上がり、目を細めた。

※

三日後――フェイは颯爽と馬に飛び乗るとクロノを見つめた。

「では、買い出しに行ってくるであります」

「気を付けてね」

「心配しなくても大丈夫であります」

フェイは任せろと言わんばかりに胸を叩いた。クロノは馬に乗るアルバ、グラブ、ゲイナーの三人に目配せした。三人は神妙な面持ちで頷いた。

「アルバさん、グラブさん、ゲイナーさん、行くでありますよ」

「「「うっす！」」」

「ハイヨー！　黒王でありますッ！」

アルバ、グラブ、ゲイナーの三人が威勢よく声を上げ、フェイは馬を走らせた。慌てて三人が後に続く。四人の姿がどんどん遠ざかり――。

「……黒王って名前だったんだ」

「黒王がどうかしたんですかい？」

クロノが呟くと、サッブが問い掛けてきた。

「うん、まあ、ちょっとね。同じ名前の馬を知ってて」

「そんなに由緒ある名前だったとはたまげやしたぜ。言われてみりゃ趣がありやすね」

サッブは感心したように言った。

「大丈夫かな～」

「あの三人なら心配いりやせん。上手く姐さんをサポートしてくれまさ。問題は……」

サップは一転して沈んだ口調になり、肩越しに背後を見た。視線の先には小川の畔に胡座を組んで座るミノと彼を治療するアリアの姿があった。

「そろそろ見切りを付けた方がいいと思いやす」

「……分かった」

クロノは間を置いて頷いた。サップの言う通りだった。ミノは説得を続けているが、結果ははかばかしくない。殴られ、罵倒されの繰り返しだ。そのせいだろう。殆どの住人に距離を置かれている。これでは交渉など覚束ない。

「ちょっと話してみるよ」

「お願いしやす」

クロノは振り返り、ミノに歩み寄った。

「……ミノさん」

「大将！」

クロノが声を掛けると、ミノは肩越しに視線を向けてきた。何度も殴られたせいで顔が無残に腫れ上がっている。見切りを付けるべきだという思いが強まる。しばらくミノはクロノを見ていたが、再び正面に視線を向けた。

「あの、私は離れた方がいいでしょうか？」

「治療を続けて下さい」

アリアが治療の手を止め、問い掛けてきた。離れてもらうことも考えたが、治療を続けてもらうことにした。ミノの怪我が心配だし、彼女も関係者だ。話を聞く資格はある。

「はい、ありがとうございます」

アリアが治療を再開し、クロノはミノの隣に座った。静かに話し掛ける。

「ミノさん、仕切り直そう」

「大将！　もう少しだけ！　もう少しだけあっしに時間を下せぇ！　お願いしやすッ！」

ミノはクロノに向き直ると地面に両手・両膝を突いた。アリアが治療の手を止め、口元を押さえる。クロノは片膝立ちでミノに向かい合った。

「どうして、そこまで？」

「大将、この村を見て下せぇ」

クロノは改めて村を見た。印象は変わらない。朽ちる日を待つ廃墟のようだと思う。

「この村は貧しいんでさ。必死に働いても食べるのもままならねぇ」

「でも、大理石はボウティーズ男爵領の特産品だって……」

「山で取れる岩は建材に使われてやすが、あっしらの手元にゃいくらも残りやせん」

「ひどいね」

「そいつは違いやす。これが普通なんでさ」

はは、とミノは笑った。乾いた笑みだった。

「子どもは四人に一人が大人になる前に病気で死にやす。仕事を手伝ってる最中に死ぬこともありゃ、奴隷として売られていくこともありやす。この村にゃ未来がありやせん」

「できる限りのことはするけど、未来を保証することはできないよ」

「それで十分でさ。あっしは未来を恵んで欲しいって言ってるんじゃありやせん。親父達に夢を見させてやって欲しいんでさ。そんな大層な夢じゃなくて構いやせん。今日頑張れば明日はちょっとマシな一日になるかも知れねぇ。その程度の夢でいいんでさ」

ミノはクロノを見据えて言った。明日はちょっとマシな一日になるかも知れない。それは夢というよりも期待だ。だが、この村では明日に期待することさえできないのだ。

「それなら約束できるよ。でも、一つだけ聞かせて」

「へい、あっしに答えられることなら」

「さっきと同じ質問だよ。どうして、そこまでできるの？　いくら血の繋がりがあってもあれだけ殴られて罵倒されて……。なんで、夢を見させて欲しいって思えるの？」

「そりゃ、親父に殴られた時にゃ頭にきやした。罵倒された時も、なんで分かってくれないんだって……。けれど、親父は大将の厚意に戸惑ってたあっしらと同じだと思ったんでさ。そしたら何が何でも説得してやろうって気になりやした」

ミノは顔を上げ、照れ臭そうに頭を掻いた。その時、轟音が響いた。音のした方を見ると、山が白い靄のようなものに包まれていた。大規模な落石事故が起きたのだ。

「親父ッ！」

「父さん！」

ミノとアリアが悲鳴じみた声を上げて駆け出す。クロノは二人の後を追いかけようとして足を止めた。ポーチから通信用マジックアイテムを取り出して叫ぶ。

「フェイ！　事故だッ！　すぐ戻ってきてッ！」

通信可能な範囲から出てしまったのだろう。返事はない。くッ、と小さく呻く。こんなことになるのならフェイを買い出しに行かせるんじゃなかった。

「サップ！　通信用マジックアイテムを預ける！　馬に乗ってフェイを追いかけてッ！」

「分かりやした！」

「頼んだッ！」

クロノが通信用マジックアイテムを投げると、サップは難なくキャッチした。

正面に向き直り、小川を飛び越えて走る。村を横切ったその時――。

「なに、今の音は⁉」

「見て！　山から煙が上がってるわッ！」

「あ、あんたぁッ！」

ミノタウロス達が家から出てきた。白い靄――粉塵に包まれた山を見て、悲鳴を上げる。

クロノは立ち止まり、声を張り上げた。

「今から救助に行きます！　体力に自信のある人は付いてきて下さいッ！　他の人達は清潔な布の準備をッ！」

ミノタウロス達は顔を見合わせた。指示に戸惑っているのだ。

「早く！　家族を助けたいなら迷わないでッ！」

「――ッ！」

クロノが叫ぶと、ミノタウロス達はびくっと体を震わせた。反感を買ってしまったかと思ったが、ミノタウロス達は戸惑いながらも動き始めた。これならば、とクロノは再び走り始めた。集落を横切り、細い道を駆け抜けたその先は――地獄だった。

粉塵の舞う石切場にはミノタウロスが累々と地面に横たわっている。ぶも～、ぶも～と悲鳴が響き渡る。パラパラと砂が降ってくる。まだ落石は終わっていないのだ。この場に留まっていたら巻き込まれて死ぬ。

「助け……て」

「今、行きます！」

ミノタウロスが救いを求めるように手を伸ばし、クロノは駆け寄った。いや、駆け寄ろうとした。次の瞬間、岩が降ってきた。岩がミノタウロスを押し潰し、石片が散弾のように飛び散った。反射的に腕を交差させ、顔を庇う。軽い衝撃と共に熱が生じる。腕を見ると、石片が腕に突き刺さっていた。

怖い。何が怖いかといえば石片が突き刺さっているのに熱しか感じないのだ。恐る恐る引き抜くと、熱はじわじわと痛みに変わった。足が震える。逃げ出したくて堪らない。だが、ここで逃げ出したら信用してもらえなくなる。いざという時に逃げ出すヤツだと思われてしまう。それは駄目だ。ぶも～、ぶも～、と悲鳴が響く。

「落ち着け！　無事だった者は重傷者を連れて、傷の浅い者は自力でこっちに来いッ！　落ち着いて、最善を尽くせ！　そうすれば助かる！　助かるんだッ！」

クロノが声を張り上げると、悲鳴が止んだ。ミノタウロス達がのろのろと動き出す。内心胸を撫で下ろす。本来ならば彼らにクロノの命令に従う道理はない。命の瀬戸際にあるからこそ助かるという言葉に縋ったのだ。

「親父！」

「父さん！」

ミノとアリアの声が響く。クロノは目を細めたが、粉塵を見通せない。片手で口元を押さえ、粉塵の中に飛び込む。まるで濃霧だ。数メートル先も見渡せない。だが、距離はそれほど離れていないはずだ。記憶と勘を頼りにミノのもとに向かう。

その間もパラパラという音が響く。ドンッという音もだ。まだ落石が続いている。視界が粉塵で閉ざされていてよかった。もし、現場の状況が分かっていたら動けなくなっていたに違いないのだ。

「親父！」

「父さん！」

再びミノとアリアの声が響き、クロノは目を細めた。粉塵が薄くなってきたのだろうか。数メートル先で大きな影が揺れている。きっと、ミノ達だ。さらに粉塵の中を進み、ようやくミノ達の姿をはっきりと捉えることができた。

「親父！」

「父さん！」

ミノとアリアは跪いて叫んでいた。それもそのはず。二人は板状の大理石と地面との間に挟まれたハツに声を掛けているのだ。

「……ミノさん」

「――――ッ！」

肩を叩くと、ミノがハッと振り返った。

「大将！　どうして、こんな所に⁉」

「ミノさんの声がしたから助けが必要なのかなと思って」

「……大将」

ミノは俯き、肩を震わせた。

「この大理石は動かせないの？」

「へい、二人で動かそうとしやしたが……」

「俺のことはいいから、早く逃げろ」

ミノが呻くように言うと、ハツが苦しげに言った。

「親父！」

「へへ、遅かれ早かれ、こうなるだろうなって思ってたんだ。でも、最期にお前に会うことができた。神様も粋な計らいをしてくれるじゃねぇか。しかも、貴族様の副官たぁ出世したもんだ。これなら安心してあの世に逝けるってもんよ」

「そんなことを言わないでくれよ。俺はまだ孝行をしてねぇんだからさ」

「ミノさん、アリア、退いて！　魔術で削り取るッ！」

ミノがアリアの手を引き、ハツから離れる。

「体を削っちゃったらごめんなさい」

「そん時は諦めるぜ」

「天枢神楽、天枢神楽、天枢――」

クロノは魔術を起動した。魔術式が視界を埋め尽くし、激しい頭痛に襲われる。限界以上の演算を求められた脳が悲鳴を上げているのだ。鼻血が零れ、手の甲で拭う。

「お、おい、ヤバいんじゃねぇか？」

「天枢神楽、天枢――、天――」

さらに魔術を起動する。ヤバい。何がヤバい。魔術の多重起動に決まっている。頭痛だけならまだしも鼻血まで出ているのだ。これで大丈夫な訳がない。突然、視界が真っ暗になる。視界が戻ると、地面が迫っていた。歯を食い縛り、何とか体勢を立て直す。

周囲には二十を超える漆黒の球体が浮かんでいる。漆黒の球体を移動させ、拳を握り締める。音も、光もなく漆黒の球体は消滅し、穴だらけになった大理石だけが残る。ハツが身動ぎすると、大理石はバラバラになった。

「三人とも逃げるよ」

「おう！　って、お前が死にそうじゃねぇか⁉」

「俺が担ぐ」

視界が急に高くなった。ミノに担ぎ上げられたのだ。

「よし！　避難するぞッ！」

ハツが先頭に立ち、アリア、ミノの順で走り出す。不意に視界が翳る。何事かと見上げると巨大な岩が降ってくる所だった。これは無理だと思った。四人一緒にぺしゃんこになる。それ以外の未来が思い浮かばない。だが——。

「漆黒にして——中略！　祝聖刃ッ！　伸びろでありますッ‼」

漆黒の光が岩を貫き、粉々に打ち砕いた。光が消え、フェイが剣を片手に駆け寄ってくる。クロノはホッと息を吐いた。それにしても、あんないい加減な祈りに応えてくれるなんて漆黒にして混沌を司る女神は寛大だ。

「岩は私が何とかするであります！」

「頼んだぜ！」

ハツに先導され、粉塵を抜ける。村へと続く道には負傷したミノタウロス達が累々と横たわっていた。サッブが指示を出し、アルバ、グラブ、ゲイナーの三人と村から来たミノタウロス達が忙しく動き回っている。

「もう……」

ハツは周囲を見回し、小さく呟いた。よく聞き取れなかったが、駄目かも知れないと言っていたような気がした。

※

夕方――ミノタウロス達が村の中央にある空き地に集まっていた。示し合わせた訳ではない。今回の事故で死者五名、重傷者十名、軽傷者二十名を出した。これからどうすればいいのか。そんな不安がミノタウロス達を動かしているのだ。

ミノタウロス達は落ち着かない様子で歩き回り、いつしか輪になっていた。今後のことを話し合っているようだが、具体的な話は出ていないみたいだ。クロノは空き地の隅にあった丸太に座り、彼らを見つめる。

「ううッ、神威術の使いすぎで頭が痛いであります」

「お疲れ様」

フェイがこめかみを押さえながら隣に座り、クロノは労いの言葉を掛けた。

「負傷者の様子はどう？」

「重傷者には神威術を施したでありますが……」

フェイは言葉を濁した。漆黒にして混沌を司る女神の神威術は汎用性が高い代わりにこれといった得意分野がない。重傷者を確実に救える力がないのだ。それでも、望みは繋がった。わずかな希望でもないよりはいい。

「……皆、俺の話を聞いてくれ」

静かな声が響く。ミノの声だった。ミノタウロス達が話すのを止める。

「この村はもう駄目だと思う。ここにいても使い潰されるだけだ。先がない」

「だったら、どうすればいいんだ？」

「そうだそうだ。この村を出たって、もっとひどい生活が待っているだけだ」

「先祖代々、ここで暮らしてきたんだ。それなのに離れるなんて……」

ミノの言葉にミノタウロス達は声を上げた。

「当ては？　当てはあるのか⁉」

「ある！」

ミノタウロスの一人が叫び、ミノはきっぱりと言い切った。

「俺はそこにいる……」

そう言って、ミノはこちらを見た。

「クロノ様の副官として働いている。今回、村に戻ってきたのは港を作るために人手が必要だったからだ。だから、当てはある」

「その人の所に行けば今よりマシな生活が送れるのか？」

「今より惨めな生活が待っているだけじゃないの？」

「奴隷みたいな生活はごめんよ！」

「自分の出世のために俺達を売ろうとしてるんじゃねぇだろうな！」

ミノタウロス達が口々に叫ぶが、ミノは反論しなかった。

言葉が出尽くした頃にようやく口を開く。

「大しょ、いや、クロノ様は神様じゃない。できる限りのことをしてくれると約束してくれたが、未来を保証することなんてできない」

「そんなの無責任よ！　うちには小さい子どもがいるのよッ！」

「信じて裏切られたらどうする！」

「今の生活を捨てて、賭けをしろっていうのか!?」

「そうだ！」

賭けという言葉に反応し、ミノは叫んだ。ミノタウロス達がざわめく。

「俺だって本音をいえば賭けなんてしたくねぇ。だが、状況を打開するには賭けなきゃいけねぇ時もある。逆に聞きてぇ。何も賭けずに今の状況を抜け出す方法があるのか？　生まれた子どもは四人に一人が死ぬ。奴隷として売られることもある。今日みたいな落石事故で死ぬことだってある。この状況をどうすりゃ打開できる？　どうすりゃ明日に希望を持てるようになる？　いいアイディアがあるなら教えてくれ」

ミノが問い掛けるが、返ってきたのは沈黙だ。

「俺達が今の生活から抜け出すには賭けるしかねぇ」

それっきりミノは黙り込んだ。ミノタウロス達の目が忙しく動く。彼らもこのままでは先がないと分かっているのだ。だが、決断ができない。当然か。全財産を賭けたギャンブルなんて普通はできない。このまま話し合いが終わってしまうのではないかと思ったその時、ハツが口を開いた。

「俺は賭けてもいいと思う」

「……親父」

ミノが呆然と呟き、ハツは気まずそうに顔を背けた。

「思惑があるにせよ、クロノ様は俺達を助けてくれた。命の危険を冒してな。その人ができる限りのことをしてくれるって言うんなら信じる価値はあるんじゃねぇか？」

「でも、この土地を離れるだなんて……」

「今更、他所に行って上手くやれるのか」

「仕事のことだってある。俺達に石切以外の仕事ができるのか」

ハツが穏やかな口調で言うと、ミノタウロス達は不安を口にした。

「気持ちは分かる。俺だって不安だ。だが、ここに残っても先はねぇ」

「――ッ！」

ハツの言葉にミノタウロス達は息を呑んだ。

「五人死んで、十人は意識不明の重傷だ。意識を取り戻したとしても元通り働けるようになるまでどれくらい掛かるか分からねぇ。この分じゃ今年の税を払えるかどうか」

「どうにかして待ってもらえないのか？」

「今まで待ってもらえた例しがあったか？」

一人のミノタウロスがおずおずと口を開き、ハツは問い返した。だが、返答はない。口を閉ざし、がっくりと肩を落としている。

「仮に子ども達を売って――」

「嫌よ！　もう子どもを売るなんて嫌ッ！」

ハツがぼそっと呟くと、ミノタウロスの女性がヒステリックに叫んだ。それが切っ掛けになったのだろう。あちこちから啜り泣く声が聞こえてきた。

「それで税を払えたとしても来年はどうする？　また事故が、いや、少ねぇ人数で働きゃ何処かに無理が出て、絶対に事故が起きる」

「何だよ、最初から選択肢なんてないじゃねぇか」

ミノタウロスの一人が吐き捨てるように言い、再び沈黙が舞い降りる。皆、神妙な面持ちで俯いている。どれくらいそうしていただろうか。

「……賭けよう」

「そうだ。賭けよう」

「もう子どもを手放したくないわ」

「ああ、賭けよう」

誰かがぽつりと呟き、その声は全体に広がっていった。

「よかったであります」

「まだだよ」

フェイが安堵したように言い、クロノは小さく呟いた。意思統一はできた。次はボウテイーズ男爵を説得しなければならない。

さて、どうしたものか、とクロノは説得するアイディアを練り始めた。

※

翌昼――熱い、苦しい、と呻き声が響く。集会所に収容された負傷者の声だ。夜が明けるまでに三人が死に、残る七人もこうして死線を彷徨っている。

クレイさんを連れてくればよかったな、とクロノは集会所の前にある丸太に座りながら溜息を吐いた。エラキス侯爵領を発つ時には事故が起きるなんて考えてもみなかった。誰だって行った先で事故が起きるなんて考えないだろう。自分の責任ではない。だが、何かできたのではないかと考えずにはいられない。

そんなことを考えていると、石切場に続く道からミノが十人のミノタウロスと共にやって来た。何人かがシャベルを担いでいる。石切場近くの共同墓地に遺体を埋葬して戻ってきたのだ。程なくして空き地に辿り着くが、ミノタウロス達は家に戻ろうとしない。そんな彼らの間を擦り抜け、ミノはクロノの前に立った。

「大将、ボウティーズ男爵は？」

「まだ来てないよ」

クロノが丸太の隣にある木箱に視線を向けたその時、ミノが声を上げた。

「大将、来やした！　ボウティーズ男爵でさッ！」

「会ったことあるの？」

「サッブが先導してるのを見りゃ分かりやす」

そりゃそうだ、とクロノは正面を見つめた。サッブに先導され、豪奢な服を着た男が近づいてくる。その周囲には五人の男がいる。板金鎧を纏った男達だ。色は黒だが、複雑な彫金が施されている。ボウティーズ男爵の護衛だろう。

「クロノ様、お連れしやした」

サッブが叫び、クロノは立ち上がった。ゆっくりと歩み寄る。すると、板金鎧を身に纏った男が歩み出た。手は剣の柄に添えられている。近づくなという意思表示だ。

「アーク、構わん」

「はッ、失礼いたしました」

ボウティーズ男爵が片手を上げる。すると、男――アークは剣の柄から手を放し、ボウティーズ男爵に道を譲った。近しい関係なのだろう。敬礼はしない。

「……お前がエラキス侯爵か？」

「はい、副官の――」

「その話ならばもう聞いた」

ボウティーズ男爵はクロノの言葉を遮った。苛立ったような口調だ。

「石切場で事故が起きたそうだが……」

ボウティーズ男爵はミノタウロス達を一瞥し――。

「大事故というから急いできてみればこれほど人数が残っているではないか。これならば問題ない。さっさと仕事に戻れ。そうすればサボっていたことは不問とする」

「お待ち下さい！」

ボウティーズ男爵が踵を返し、クロノは声を張り上げた。

「まだ何か用か？」

「事故が起きて、働けるのはここにいる十人だけです。たった十人で石切の仕事をこなすなんて不可能です。また事故が、いえ、事故が起きなかったとしても――」

「だから、何だね？　亜人など放っておいても勝手に増える。そもそも、お前に私の決定に異を唱える権利があるのかね？　侯爵位を奪ったばかりか私に指図するなど……。これだから新貴族は嫌なのだ」

ボウティーズ男爵は苛立った様子でクロノの言葉を遮った。どうやら新貴族が嫌いなようだ。苛々しているのもそれが原因だろうか。交渉の難度が上がったような気がする。だが、退く訳にはいかないのだ。

「……恐れながら、彼らはもう働けません」

「それはお前が決めることではない」

「仰る通りです」

クロノは頷き、肩越しに視線を向けた。ミノが頷き、木箱を持ってくる。クロノの前には出ない。無礼打ちされる可能性もゼロではないからだ。ミノが木箱を地面に置き、クロノは一歩下がって跪いた。そして、木箱を開く。

「金貨千枚ございます。これで彼らを譲って頂けないでしょうか？」

「彼らとは、負傷者という意味かね？」

「いいえ、全ての住人です」

「この村の住人は……」

ボウティーズ男爵は口籠もった。視線が泳いでいる。住人の数を把握していなかったのだろう。すると、アークが歩み出て耳打ちした。

「この村の住人は二百人程度だったはずだ。一人当たり金貨五枚では──」

「働けるのは十人だけです。あくまで参考までにですが、私の領地では健康かつ処女の奴隷が最高金貨五十枚で取引されています。瀕死の奴隷でも学があれば金貨十枚の値が付きますが、ここの住人はそうではありません」

クロノが言葉を遮って言うと、ボウティーズ男爵は不愉快そうに鼻を鳴らした。

「何故、この村の住人を買おうとするのだね？」

「開拓を行いたいのですが、労働力が不足していて難しいのです」

「ならば奴隷を買えばいい。エラキス侯爵領は奴隷の売買が盛んなのだろう？」

「それも考えましたが、奴隷商人に借りを作りたくないのです。それに、彼らが真っ当な手段で奴隷を集めるとは思えません」

「確かに連中はどんな方法を使ってでも掻き集めてくるだろう。だが、連中がどんな手段を使おうとも構わんのではないか？　領主を罰する法などないのだからな」

「それも考えましたが、それでは私も悪人の誹りを免れません」

「新貴族でも評判を気にするか」

「……新貴族なればこそです」

ふむ、とボウティーズ男爵は思案するように腕を組んだ。アークが口を開く。

「兄上、新貴族の口車に乗ってはいけません」

「黙れ、アーク。決めるのは私だ」

「はッ、失礼いたしました」

アークは背筋を伸ばして言った。

「…………よかろう」

「ありがとうございます」

クロノは胸を撫で下ろした。どうなることかと思ったが、上手くいきそうだ。

「それだけかね？」

「と仰いますと？」

「私はお前の頼みを聞いてやるのだ。両手を突いて、平伏したまえ」

「――ッ！」

クロノは息を呑んだ。平伏――土下座しろということだ。頭に血が上る。土下座すべきなのだろう。そうしなければ前言を翻されかねない。

「大将、あっしらは後ろを向いてやす」

「それは許さん。エラキス侯爵はお前達のために私に頼み事をしているのだ。お前達にはその姿を目に焼き付ける義務がある」

ボウティーズ男爵はいやらしい笑みを浮かべて言った。どう考えても彼の目的はクロノに屈辱を味わわせることだ。

「どうした？　平伏しないのであればお前の頼みは聞けないな」

「……分かりました」

クロノは膝立ちになり、両手を地面に突いた。部下、いや、大勢の人々の前で恥を掻かされる。今更ながら自分でプライドを捨てることと他人にプライドを踏みにじられることは全くの別物だと理解する。

「まだ頭が高いぞ」

楽しげな声が聞こえる。怒りか、それとも羞恥によるものか体が熱い。ポタ、ポタと鼻血がこぼれ落ちる、昨日、魔術を使いすぎたせいに違いない。

「頭が高い」

「……」

クロノは無言で地面に頭を擦りつけた。ストン、と何かが落ちる。多分、感情が振り切れてしまったのだろう。たっぷり一分ほど経ってから顔を上げる。

「これで、よろしいですか？」

「ああ、しまった。見ていなかった」

クロノが問い掛けると、ボウティーズ男爵はすっとぼけたことを言った。幸いというべきか、まだ感情は凪いでいる。もう一度くらい頭を下げてやってもいい。

「分かりました。なんなら靴に口づけしましょうか？」

「――ッ！」

ボウティーズ男爵の顔が赤黒く染まる。どうやら怒らせてしまったようだ。このまま斬られる可能性もある。ボウティーズ男爵が足を踏み出し——。

「兄上！」

「なんだッ！」

アークが叫び、ボウティーズ男爵は叫び返した。

「エラキス侯爵はしっかりと平伏されました。兄上はご覧にならなかったかも知れませんが、私はきちんとそれを見届けました」

「貴様！　一体、誰の——ッ！」

「兄上は一線を越えました。もう決闘を申し込まれてもおかしくない立場なのですよ」

アークが溜息を吐くように言い、ボウティーズ男爵は護衛に視線を向ける。

だが、護衛は顔を背けた。

「義姉上とご子息がこれを知れば何と言うか……」

ぐッ、とボウティーズ男爵は言葉を詰まらせた。兄弟喧嘩が始まるかと思ったが、ボウティーズ男爵はいきなり踵を返し、荒々しい足取りで歩き出した。

「待って下さい！　この村の住人は⁉」

「好きにしろッ！」

クロノが叫ぶと、ボウティーズ男爵はヒステリックに叫び返してきた。やれやれ、とアークは肩を竦め、クロノに近づいてきた。跪いて木箱を持ち上げる。

「とりあえず、取引は成立だ。これは私から兄上に渡しておく」

「先程はありがとうございます」

「礼には及ばない。だが、感謝しているなら小遣い稼ぎをしていた件を黙っててくれ」

「ええ、もちろんです」

クロノが笑みを浮かべると、アークも笑みを浮かべた。木箱を担ぎ上げ、ボウティーズ男爵の後を追う。クロノはボウティーズ男爵達の姿が見えなくなるのを確認し、その場に座り直す。すると、ミノが傍らに跪いた。

「……大将、あっしらのために申し訳ありやせん」

「覚悟はしてたんだけど、精神的に応えるね」

「クロノ様、申し訳ありやせん」

サッブがクロノの正面で跪いた。

「謝らなくていいよ。むしろ、礼を言いたいくらいだよ。指示通り、騎兵隊長――弟とは思わなかったけど――を買収して、ボウティーズ男爵を連れてきてくれたんだからね」

「虚偽の情報を吹き込んで、が抜けてやすぜ」

「虚偽なんて人聞きが悪い。ちょっと大袈裟に伝えてもらっただけだよ」

「それを虚偽って言うんですぜ」

くくく、とサップは笑った。

「ところで、買収にいくら掛かった？」

「金貨五十枚でさ。それにしてもよく買収に応じるって分かりやしたね」

「騎兵の装備がものすごくよかったからね。お小遣い稼ぎで洒落にならない金額を稼いでるんじゃないかなって思ったんだ。ばらされて処分を受けるか、買収に応じて小遣い稼ぎを続けるか。まあ、分の悪い賭けじゃなかったよ」

さてと、とクロノは立ち上がった。やや遅れてミノとサップが立ち上がる。

「ボウティーズ男爵に移住を認めてもらったし、あとは帰るだけだね。ミノさんは移住の準備、サップは馬車の手配をよろしく」

「「分かりやした！」」

ミノとサップの声が重なり、クロノは笑った。

※

四日後――クロノ達はハシェルに帰還した。城門の前で幌馬車が止まり、クロノは幌馬車から飛び降りた。軽く柔軟をすると、体のあちこちから音が響いた。やはり、馬車での移動は体に応える。大きく息を吐き、後ろを見る。

幌馬車の後方には二十台を超える荷馬車が連なっていた。古びている上、破損箇所も多いが、性能は損なわれていない。金貨五十枚掛かったが、お陰で二百名弱のミノタウロスを連れての旅路は平穏なものだった。これから入院の手配をして、宿を手配して――、とやることを指折り数えているとシロとハイイロが駆け寄ってきた。

「クロノ様、帰還」

「俺達、嬉しい」

「二人とも、ハシェルの警備ありがとう」

「「当然、でも、嬉しい」」

二人はぱたぱたと尻尾を振りながら言った。不意に尻尾が動きを止め、耳がぴくっと動く。何事かと前を見ると、いつぞやの奴隷商人がこちらに近づいてきた。

「おおッ！　クロノ様、お待ちしておりました！」

「あ〜、どうも。何かご用で？」

「なんと水臭い！　労働力が必要であれば仰って頂ければ力になりましたのにッ！」

　奴隷商人が芝居がかった仕草で言い、クロノはこめかみを押さえた。話がよく見えないが、彼はクロノが労働力を求めていることを知っているようだ。

　何処から情報が漏れたのか訝しんでいると――。

「ご覧下さい！」

「何を⁉」

「これは失礼いたしました。自分だけ駆けてきたのをすっかり忘れておりました」

　クロノが突っ込むと、奴隷商人はぴしゃりと額を叩いた。

「商品は奥にございますが、リザードマンを五十人ほど集めさせて頂きました。もちろん、暴行は加えておりませんし、ハシェルの病院で診断書も書いて頂いております」

「僕に奴隷を買えと？」

「滅相もございません。私はクロノ様が労働力を求めていると知り、同業者に声を掛けて奴隷を集めただけにございます。その先はクロノ様次第でございます」

　奴隷商人は大仰に肩を竦めた。

「僕が買わなかったら？」

「戻せるものは戻し、あとは鉱山奴隷になるでしょうな」

「一応、値段を聞いておきたいんだけど……」

奴隷商人が困ったように眉根を寄せ、クロノは代金を尋ねた。

「一人頭金貨三十枚と言いたい所ですが、断りもなく集めて参りましたので、迷惑料を差し引いて一人頭金貨二十五枚――五十人で金貨千二百五十枚では如何でしょう？」

「金貨千二百五十枚か」

うーん、とクロノは唸った。好感度が高くないせいもあって、何か企んでいるのではないかと勘繰ってしまう。だが、労働力は必要だし、買わなければ後味が悪いことになる。それにケインの件もある。示談となったが、あれは領主の体面を慮ったという部分もあるだろう。となれば――。

「分かった、買うよ」

「ありがとうございます」

「ただし、これで借りは返したからね」

「何の借りか存じませんが、承知いたしました」

奴隷商人は深々と頭を垂れた。

※

夜――奴隷商人と別れた後、クロノはゴルディの工房に行き、シッターに宿泊所の手配を依頼し、エレナに金貨二千三百五十枚を使った旨を報告して嫌な顔をされた。さらに風呂で旅の汚れを落とし、女将の料理に舌鼓を打ち――。

「……体力の限界」

クロノは自室に戻るなりベッドに倒れ込んだ。チラリと机を見ると、書類が山積みになっていた。これからあの書類の山だけではなく、購入したリザードマンのために契約書を作成しなければならない。

「……月給は金貨一枚、衣食住はこっち持ち、港が完成したら自由の身に。ああ、でも、文字を読めなそうだし、契約書といえばミノさんの一族用のも必要だな」

クロノは仰向けになり――。

「明日の僕に任せて今日は寝よう」

呟いたその時、トントンという音が響いた。扉を叩く音だ。嫌な予感がする。扉を開けたらひどいことになる。だが、扉を開けなければもっとひどいことになる。ならば被害を最小限に止める努力をしなければなるまい。

クロノはベッドから下り、扉に歩み寄った。扉を開けると――。

「来たぞ」

「……」

廊下にティリアが立っていたので、クロノはそっと扉を閉めた。無言で、しかも、そっと閉められるとは思っていなかったのだろう。妨害はなかった。扉が開きそうになり、クロノは全身を使って押さえ付ける。直後、扉を叩く音が響いた。

「どうして、閉めるんだ！」

「仕事中でござる！」

クロノは扉を押さえながら叫んだ。もちろん、嘘だ。だが、ティリアの相手をしたら明日は昼から仕事をすることになる。机に視線を向ける。そこにあるのは書類の山だ。今でさえうんざりしているのだ。これ以上、仕事が増えたら心が折れてしまう。

「に、二週間ぶりなんだぞ！」

「仕事でござる！　仕事が溜まっているでござるッ！」

クロノは扉を挟んでティリアと攻防を繰り広げた。神威術を使っているのか。油断すると押し切られそうになる。扉が足幅ほど開き、不意に力が緩んだ。突然の出来事で上半身が泳ぐ。しまったと思うが、もう遅い。

「ホンハッ！」

「ぐはッ！」

謎の掛け声が響き、クロノは吹き飛ばされた。背中から床に叩き付けられ、軽く咳き込む。体を起こすと、扉が開いていた。廊下には片脚で立つティリアの姿があった。カンフー映画を彷彿とさせるポーズだ。

ふん、とティリアは親指で鼻を擦り、部屋に入ってきた。扉を閉めてベッドに歩み寄り、どっかりと腰を下ろす。

「仕事なら仕方がない。少しだけ待ってやる」

「くッ、何たる上から目線！」

クロノは立ち上がり、机に向かった。本当は働きたくないが、時間を稼ぎたい。イスに座ると、疑問が脳裏を過った。どうして、ティリアなのだろうと。

「他の女は来ないぞ。お前が疲れているとか何とかそんなことを言ってたな」

「僕が疲れてるって分かってて来たんだ」

「ふッ、当然だ」

ティリアは自慢げに胸を張って言った。

「当然って……」

「私は皇位を失ったが、その代わりに学んだことがある」

「学んだことって？」

「それは受け身ではいけないということだ！」

クロノが鸚鵡返しに尋ねると、ティリアは拳を握り締めた。

「それって皇位と引き替えにしないと学べないことかな？」

「ぐぬッ、痛い所を……。だが、学びは学びだ」

ティリアはムッとしたような口調で言い——。

「ところで、仕事はまだ終わらないのか？」

「分かった。今日はここで切り上げるよ。その代わり……」

「その代わり？」

ティリアが可愛らしく小首を傾げ、クロノは机の引き出しからあるものを取り出した。

ボウティーズ男爵領に出発する前日、ゴルディに製作を依頼したアイテムだ。

「なんだ、それは？」

「手錠だよ、手錠」

「私の知っている手錠とは随分違うが……。ひょっとしてそれも？」

「そうだよ。僕が元いた世界ではスタンダードな手錠」

クロノは手錠の輪に人差し指を掛け、くるくると回した。

「いや、仮にも皇女が手錠をするなど……」

「まあ、そうだよね。仕方がない。他の娘に頼(たの)むよ」

「待て！　ちょっと考えさせろッ！」

クロノが溜息交じりに言うと、ティリアは声を張り上げた。難しそうに眉根を寄せている。当たり前といえば当たり前だが、かなり悩(なや)んでいるようだ。そこで――。

「実はこれ、本物の手錠じゃないんだよね」

「どういうことだ？」

「本物はここに鍵穴(かぎあな)があるんだけど……」

クロノは言葉を句切り、手錠を指差した。そこには突起(とっき)――ボタンがある。ボタンを押すと、手錠が開く。ティリアに向けて投げる。彼女(かのじょ)は難なく手錠をキャッチし、ボタンを押して開くかどうかを確認した。さらに手錠をはめ、確かめる。

「まあ、これならいいだろう」

「よかった」

クロノは胸を撫(な)で下ろし、ティリアに歩み寄った。手錠を受け取り――。

「後ろを向いて」

「後ろ手に付けるのか？」

「本格志向なんだ」

「お前は変態だ」

ティリアは溜息を吐き、背中を向けた。クロノはドキドキしながら手錠をはめた。

「足にもいい？」

「分かった分かった。毒を食らわば皿までだ。付き合ってやる」

「ありがとう」

クロノは机に戻り、引き出しから手錠――いや、足に付けるのだから足錠か――を取り出した。ティリアのもとに行き、足錠を付ける。

「足用は鎖が長いんだな」

そう言って、ティリアは脚を動かした。ジャラジャラと鎖が鳴る。

クロノは立ち上がり――。

「ていッ！」

「――ッ！」

ティリアを押し倒し、そのまま覆い被さった。驚いたように目を見開くが、すぐに冷静さを取り戻す。簡単に手錠を外せると考えているのだろう。もぞもぞと動き、ハッとしたような表情を浮かべる。ようやく気付いたようだ。

「ボタンがないぞ！　これはどういうことだ⁉」

「単にボタンが手首の内側を向くようにしただけだよ」

「お、おのれ！　謀(はか)ったなッ！」

「気付かれるんじゃないかとドキドキしたよ」

「今更、こんなことをして何になる」

ふん、とティリアは鼻を鳴らした。

「そういえば知らぬ仲ではあるまいしとか言ってたよね」

「そうだ。こんなことをしなくても抱(だ)かせてやるぞ」

「それで、手錠を外して押し倒されるの？　勘弁(かんべん)してよ」

クロノは苦笑(くしょう)し、ティリアの隣に寝そべった。

「実はボウティーズ男爵領で気付いたことがあるんだよね」

「何に気付いたんだ？」

クロノは片手でそっとティリアの胸――我(わ)が儘(まま)なおっぱいに触(ふ)れた。抵抗(ていこう)はない。顔を見ると、真っ赤になっていた。ネグリジェ越(ご)しに突起を見つけ出して摘(つ)まむ。すると、ティリアはびくっと体を震(ふる)わせた。

「どうかした？」

「ど、どうもしない」

クロノが優しく尋ねると、ティリアはそっぽを向いた。恥ずかしいのだろう。耳まで真っ赤になっている。黙って反応を楽しむ。しばらくして沈黙に耐えられなくなったのかティリアは口を開いた。

「そ、それで、何に気付いたんだ？」

「プライドを捨てるのは平気でも、踏み付けられるのはムカつくってこと」

ん？　とティリアは訝しげに眉根を寄せた。何を言っているのか分からないと言わんばかりの表情だ。無理もない。今の状況とはあまりに違いすぎている。

「つまり、ティリアがベッドやお風呂で余裕のある態度を取れたのは自分から恥を捨てていたせいじゃないかと思ったんだよ」

「だ、誰が恥知らずだ」

「恥知らずだなんて言ってないよ。自分から恥を捨てていたって言ったんだよ」

クロノが手を下半身に移動させると、ティリアは太股に力を入れた。それで動きを阻むつもりなのだろう。だが、動きを阻むことはできない。

「今、主導権を握っているのは僕だからね。楽しませてもらおうかな」

「――ッ！」

ティリアはキッと睨み付けてきた。だが、クロノが微笑むと、視線を逸らした。虎が猫に変貌したかのような有様に笑みを深め、ベッドから下りる。

「ま、待て！　何処に行く!?」

「何処にも行かないよ。ズボンを脱ごうと思っただけ」

「ま、待て！　せめて、足錠だけは外してくれッ！」

クロノがズボンに手を掛けると、ティリアは慌てふためいた様子で言った。

「却下にござる」

「この……外道ッ！」

「ありがとう。最高の褒め言葉だよ」

クロノは笑みを浮かべ、ズボンを脱いだ。

※

帝国暦四三一年三月中旬――ティリア軍、クロノ軍に大敗北を喫す。

第三章『試作塩田』

朝――ティリアは目を覚まし、安堵の息を吐いた。夢を見た。クロノに拘束されて恥辱の限りを尽くされる夢だ。夢の中でクロノはティリアが抵抗できないのをいいことにこれでもかこれでもかと攻めてきた。だが、あれは夢だ。夢ならば恐れる必要はない。

おかしな夢を見たものだ、と体を起こし、軽く目を見開く。手首に赤い痕があった。慌てて布団を捲り、今度は大きく目を見開く。足首にも赤い痕があったのだ。夢だと思っていたが、もしかして、あれは――。

「ぎゃあぁぁッ！」

昨夜の記憶が堰を切ったように押し寄せ、ティリアは頭を抱えてベッドの上を転げ回った。蹂躙、まさに蹂躙だ。確かに自分はクロノにひどいことをした。だから、せめてもの償いに拘束することを許したのだ。嘘ではない。他の娘に頼むからと言われたからではない。それなのにあんまりだ。

あ～！　とティリアは声を上げた。穴があったら入りたい。その時、トントンという音が響いた。扉を叩く音だ。大きすぎず、小さすぎず絶妙の力加減だ。多分、アリッサだろう。普段ならば入れと言う所だが、ここはクロノの部屋だ。入室を許可していいものだろうか。悩んでいると、扉が静かに開いた。

「失礼いたします」

「……う、うむ」

アリッサは恭しく一礼すると部屋に入ってきた。

「おはようございます、皇女殿下。まずは御髪を梳かせて頂きます」

「そ、そうか」

ティリアはベッドから下り、イスに移動する。すぐに髪を梳くのかと思いきやアリッサは窓を開けた。昨夜の臭いが残っているのだろうか。そう考えた途端、羞恥で体が熱くなった。思わずスンスンと鼻を鳴らしてしまう。

「どうかなさいましたか？」

「い、いや、何でもないぞ」

「そうですか」

ティリアは上擦った声で答え、頭を抱えたくなった。これでは何かあると言っているようなものだ。ティリアの気持ちを知ってか知らでか、アリッサは普段と変わらぬ態度で丁寧に髪を梳き始めた。そういえば初夜を迎えた後もこうしてアリッサに髪を梳いてもらった。何故だろう。あの時は誇らしい気分だったのに今日は妙に恥ずかしい。

「髪を梳き終えましたら浴室へ。湯浴みの準備が整っております」

「――ッ！　う、うむ、分かった」

ティリアは息を呑み、声が上擦らないように注意しながら答えた。これは臭っているということだろうか。聞いてみるか。いや、これで他意がなかったら恥を掻くだけだ。そもそもアリッサはメイドだ。臭っていても何も言わないはずだ。気を遣われている。そう考えるだけで恥ずかしい。本当に、どうして初夜を迎えた後はあんなに誇らしい気分でいられたのだろう。恥ずかしい。誇らしい気分でいたことすら恥ずかしい。

これが敗北――敗者は誇りも何もかも奪われるしかないのか。いや、とティリアは頭を振った。驚いたのだろう。アリッサが手を止める。

「どうかなさったのですか？」

「何でもない。続けてくれ」

はい、とアリッサは再び髪を梳き始めた。ティリアは改めて思考する。確かに自分はクロノの策略にまんまと嵌まって敗北した。だが、心は折れていない。抗う意思がある限り敗北ではない。そして、勝てば誇りを取り戻せるのだ。

もう一度、戦うのだ。戦って勝つのだ。だが、どうすればクロノに勝てるのか。主導権を奪わせない。これは大事だ。だが、主導権を奪われた後の対応も大事ではないか。

「おおッ！」

「――ッ！」

ティリアが声を上げると、アリッサは息を呑んで手を止めた。しばらくして髪を梳き始める。いけないいけない。驚かせてしまった。だが、我ながらいいアイディアだ。問題はその方法だ。どうすれば主導権を奪い返せるのか。具体的な方法が思い付かない。気は進まないが、クロノの愛人達から情報を聞き出すしかないだろう。そういえば――。

「クロノはどうしたんだ？」

「旦那様はカド伯爵領に行かれました」

「また視察か。そんなに視察に行っても意味などないだろうに」

「いえ、今回は――」

「ん？　視察ではなく、もう港の建設を始めるのか？」

「いいえ、皇女殿下」

言葉を遮る形になってしまったが、アリッサは穏やかな口調で言った。

「なら何のために行ったんだ？」

「旦那様は家を建てると仰っていました」

「ああ、そういうことか」

ようやく合点がいった。確かに港を作るためにエラキス侯爵領とカド伯爵領を毎日往復するのは現実的ではない。建設予定地に住居を建てた方が効率的に決まっている。当たり前すぎて盲点だった。それはさておき、クロノの不在はティリアにとって都合がいい。俄然、情報を集めやすくなった。

しかし、クロノの愛人達から話を聞くだけで大丈夫だろうか。広く話を聞かなければ判断を誤るような気がする。とはいえ、気軽に相談できる相手もいない。というか、あまり気軽に相談してはいけない内容だろう、これは。

どうすればと考え、相談できる相手が一人だけいることに気付いた。アリッサだ。彼女はティリア付きのメイドだ。雇用主であるクロノの意を汲まなければならない場面はあるだろうが、相談を持ちかけてもそれを吹聴するようなことはしないはずだ。

「……アリッサ」

「何でしょう？」

「夜伽で手足を拘束されるのは普通だろうか？」

ティリアが尋ねると、アリッサはぴたりと動きを止めた。

「それは、どのような意味でしょうか？」

「そのままの意味だ」

視線を落とし、手首の赤い痕を撫でる。

「どうだろう？　普通だろうか？」

「淫らな女と思われたくないのですが……」

「構わん、許す」

「では、恐れながら申し上げます。拘束することを好まれる男性はいます」

「拘束された時はどうすればいいと思う？　私は主導権を取り戻したいのだが……」

「それはいけません」

アリッサはぴしゃりと言った。

「いけないのか？」

「はい、それは興を削ぐ行為です。旦那様、いえ、殿方は自身を主と考えられるので寵愛を失う可能性が高いかと存じます」

うッ、とティリアは呻いた。思い当たる節がある。ひょっとしてクロノが逃げたり、部屋の扉を開けてくれなかったのはそれが原因だろうか。

「どうすればいいんだ」

「旦那様に身を委ねられては如何でしょうか？」

「お前はクロノに手足を拘束させて欲しいと言われたらさせるのか？」

「はい、喜んで」

え⁉　とティリアは再び振り返った。自分が何を口走ったのか理解したのだろう。アリッサは顔を真っ赤にして顔を背けた。さらに――。

「わ、私のような女が寵愛を受けるなど恐れ多い……。私の望みは旦那様から受けた恩に忠義で報いることです。ですが、旦那様が求められるのでしたら……」

アリッサは片手で口元を覆い、もじもじと太股を摺り合わせた。ふとある疑問が脳裏を過った。男は自分を主として考えている。だとしたら――。

「拘束されることを望んだら、それこそ興を削ぐんじゃないか？」

「い、いえ、望んでいる訳では……。あくまで旦那様が望むのならです」

「……そうか」

結局、どうすればいいんだ？　とティリアは首を傾げた。

※

ティリアは湯浴みを終え、身支度を整えると食堂に向かった。食堂ではサルドメリク子爵がそわそわした様子で席に着いていた。そんなに食事が待ち遠しいのだろうか。

サルドメリク子爵を横目に見ながらいつも――彼女の斜向かいの席に着く。しばらくすると食堂と厨房を繋ぐ扉が開き、女将が銀のトレイを手に出てきた。そして、ティリア達の前に料理を置く。今日のメニューはパンとスープ、サラダ、ベーコンエッグだ。

サルドメリク子爵が左右に体を揺らす。どうして、すぐに食べないのだろう。不思議に思いながらパンを千切り、頬張る。女将がティリアの一つ隣の席に着く。すると――。

「……いただきます」

「召し上がれ」

サルドメリク子爵がぼそっと呟き、女将が笑みを浮かべて言う。サルドメリク子爵はパンを頬張り、美味しそうに顔を綻ばせる。女将は優しげな笑みを浮かべて彼女がパンを食べる所を見ている。

「何がそんなに楽しいんだ？」

「前にも言っただろ。自分の料理を美味しそうに食べてもらえるのが嬉しいんだよ」

「そうだったな」

ティリアはベーコンエッグを切り分けて口に運んだ。視線を感じる。隣を見ると、女将がこちらを見ていた。つまらなそうな顔をしている。

「どーだい？」

「……脂（あぶら）がくどく感じるな」

ティリアが布製のナプキンで口元を拭（ぬぐ）って答えると、女将は顔を顰（しか）めた。

「あー、はいはい、姫様（ひめさま）はそういうお方だよ」

「分かっているのなら聞かなければいいじゃないか」

ティリアは唇（くちびる）を尖（とが）らせ、ベーコンエッグを切り分ける。チラリと視線を向ける。女将は美味しそうに料理を食べるサルドメリク子爵を見ながら微笑んでいる。今ならそれとなく夜伽、もとい、クロノに関する情報を集められそうだ。

「女将、クロノと上手（うま）くやってるか？」

「――ッ！　こ、こんな朝っぱらから何を言ってるんだい⁉」

女将は息を呑み、顔を真っ赤にして言った。

「女同士だ。別に構わんだろ？」

「こ、こういう話は子どものいない所でするもんなんだよ」

女将はサルドメリク子爵にチラチラと視線を向けながら言った。

サルドメリク子爵は動きを止め――。

「………………邪魔なら席を外す」

じっと料理を見ながら呻くように言った。苦渋に満ちた表情だ。そんなにお腹が空いているのだろうか。女将は難しそうに眉根を寄せ――。

「エリルちゃんはそのままでいいんだよ」

「……感謝する。だが、迷惑を掛けたくない。だから、急いで食べる」

そう言って、サルドメリク子爵は食事を再開した。五分ほどで食事を平らげて席を立つ。

「……美味しかった。昼食はもっと味わって食べたい」

「気を遣わせちまって、すまないね」

「……気にしなくていい」

サルドメリク子爵は食堂から出て行き、扉の陰から顔を覗かせた。

「忘れ物かい？」

「……一つ言い忘れた。私は子どもではない」

女将の問い掛けにサルドメリク子爵はぼそっと呟き、顔を引っ込めた。

「二人きりだな」

「それで、何を聞きたいんだい？」

ティリアが体の向きを変えて言うと、女将は小さく溜息を吐いた。

「さっきも聞いただろ。クロノと上手くやっているかだ」

「は〜、はいはい、クロノ様とはそれなりだよ、そ・れ・な・り」

女将は『それなり』の部分を強調するように言った。

「翌日の仕事に支障を来すほど励むのはそれなりと言わないのではないか？」

「なんで、知ってるんだい⁉」

「ふッ、簡単な推理だ」

女将が驚いたように目を見開き、ティリアは髪を掻き上げた。本当は隣の部屋で聞いていたからだが、世の中には黙っていた方がいいこともある。

「ま、まあ、確かにしたよ。けど、仕事に影響が出たのは一回きりだよ。ああ、いや、レイラ嬢ちゃんやエレナと違って、まだ二回しかしたことないけど……」

「二回だけか？」

「そうだよ！　悪いかいッ！」

「いや、悪くはないが……」

女将が開き直ったように言い、ティリアは口籠もった。悪くはないが、意外だった。もっと回数をこなしていると思ったのだが――。

「どんな風に愛し合ってるんだ？」

「なんで、そんなことを言わなきゃならないんだい？」

「後学のためにだ」

「そうだね。まあ、甘えさせてやってる感じかね。クロノ様は色々なものを背負ってるからねぇ。だから、その重さで潰れちまわないように甘えさせてるんだよ。ま、甘えさせてばかりだと駄目になっちまうから尻も引っぱたいてやるけどね」

女将はしたり顔で宣い、カラカラと笑った。何と言うか、哀れみを誘う姿だ。あれだけクロノにいい様にされていたくせにどうして嘘を吐くのだろう。見栄っ張り、いや、年上の頼れる女を演じないとプライドを保てないのだろうか。

「拘束されたり、目隠しをされたりしたことはないか？」

「ある訳ないだろ」

女将は真顔で言い放ち——。

「ああ、でも、お尻の××に××して、●●を△△するとか言われたことがあったね」

思い出したように付け加えた。何処となく昔を懐かしむような口調だ。もちろん、それは自分がそういうことをされないと確信しているからだ。

ティリアは違う。血の気の引く思いだった。朝起きてベッドで身悶えした行為の数々が序の口でしかないと知ってしまったのだから。急いで情報を集めなければ。たとえ避けがたい未来でも知っていれば心に受けるダメージを軽減できる。そのはずだ。

※

トカトントン、とリズミカルな音が響く。金槌で釘を打つ音だ。クロノは周囲を見回した。周囲ではミノタウロスとリザードマンが家を建てている。港を建設する間、生活の拠点とするための家だ。もっとも、ミノタウロスは家族で住むための家、リザードマンは集団で住むための宿泊施設という違いがあるが——。

ここに港を作るのか、と海を見つめる。今クロノ達がいるのはシルバが港の建設地として選んだ半島の付け根——原生林の近くだ。より正確にいえば海岸からやや奥まった所にある平地だ。海岸は平地より三メートルほど低い場所にあり、丸みを帯びた小石で覆われている。シルバによれば海岸から少し離れると水深が急激に深くなるので港を作るのにもってこいらしい。

トカトントン、とリズミカルな音が響く。う～ん、う～ん、と唸り声のようなものが混じる。クロノは足下を見つめた。シルバと数人のドワーフが地面に腰を下ろし、羊皮紙を囲んで唸っていた。

「シルバ、何か悩み事？　まさか——」

「安心してくれ、港建設の件で悩んでるんじゃない」

シルバはクロノの言葉を遮って言った。

「本当に大丈夫？」

「俺を信用してくれ。港建設は問題ない」

「なら、なんで唸ってるの？」

「塩田の件だ」

シルバは羊皮紙を掴んでクロノに向き直った。

「クロノ様の留守中、俺達は塩田を試作したんだ」

「仕事が早いね」

クロノがしゃがむと、シルバは羊皮紙を地面に置いた。羊皮紙には二重の四角形と細かな数字が描かれている。どうやら塩田の設計図のようだ。

「それで、塩は作れた？」

「もちろんだ。多少の工夫は必要だったが、やり方は分かってるんだ。簡単なもんだ」

「なら、何が問題なの？」

「効率が悪いんだ。砂地に海水をまいた後、水が蒸発するのに時間が掛かる」

「まだ寒いからね」

クロノは空を見上げた。雲一つない天気だが、前回視察に来た時に比べて肌寒い。

「それだけじゃなく海風も影響していると思う」

「新しい産業にできればと思ったんだけど……」

「季節に生産量を左右されるんじゃ新しい産業には向かないと思うぞ」

「かと言って、数でカバーするのもね」

クロノは溜息を吐き、原生林を見つめた。港の建設や開拓のために原生林を切り開くのは仕方がないにしても塩を作るためだけに潰すのは避けたい。

「やっぱり、諦めるしかないのかな」

「諦めるのはまだ早い」

「何か妙案が？」

「今はない。だが、発想の転換が必要なのは分かる。何かいいアイディアはないか？」

「いきなり言われても困るよ」

「どんなアイディアでもいいんだ」

そんなことを言われてもな～、とクロノは羊皮紙を見下ろした。

「どうだ？　思い付いたか？」

「全然だよ。でも、発想の転換っていうなら思い切って立体にするのもありじゃない？」

「……立体か」

シルバは腕を組み、神妙な面持ちで頷いた。

※

早く情報を集めなければ、とティリアは焦燥感を抱きながら廊下を進み、ある部屋の前で立ち止まった。経理担当者——エレナの執務室だ。扉を開けて中に入ると、エレナが机に向かって仕事をしていた。こちらを見て、驚いたように目を見開く。だが、すぐに仕事を再開する。

話の取っ掛かりになりそうなものはないだろうか、と視線を巡らせる。そして、窓際に花瓶が置かれていることに気付いた。工芸品や美術品にはあまり詳しくないが、この花瓶がどんなものかは分かる。窓際に歩み寄り、花瓶を手に取る。

「これはサダル——」

「それ、露店で買った安物よ」

エレナはティリアの言葉を遮って言った。思わず視線を向ける。彼女はしまったと言うように両手で口を押さえている。話の取っ掛かりにはなったか、と花瓶を元の位置に戻して机に歩み寄る。すると、彼女は居住まいを正した。

「そんなに硬くならなくてもいい。ざっくばらんに、腹を割って話そうじゃないか」

「……それは助かるけど」

ティリアが机に寄り掛かって言うと、エレナはやや間を置いて答えた。

「でも、皇女殿下がこんな所に何の用なの？」

「クロノとの仲について聞きたくてな。どうだ？　仲よくやってるか？」

「それなりに上手くやってると思うわ」

「クロノのことが好きだったりするのか？」

「嫌いじゃないわよ。命を救われてるし、待遇もいいもの」

気恥ずかしさを覚えながら尋ねると、エレナは素っ気なく答えた。

「以前、クロノが女将にお尻の××に××して、●●を△△すると言ったらしいが……」

「それなら聞いたことがあるわ。本当に、さ、最悪よね」

何故か、エレナは途中で口籠もった。頬も赤い。というか耳まで真っ赤だ。そういえば前回情報収集をした時、お尻を使うと言っていた。

「お前は……尻を使ったことがあるのか？」

「――ッ！」

エレナは息を呑み、顔を背けた。何故か、もじもじと太股を摺り合わせている。

「…………ないわよ」

「本当か？」

「ええ、もちろんよ。純白にして秩序を司る神に誓って」

エレナは胸に手を当てて言った。ティリアは内心呆れた。よくもまあ、神に誓いながら嘘を吐けるものだ。きっと、信心深くないのだろう。

「でも、どうしてそんなことを聞くのよ？」

「クロノに尻を使わせろと言われるかも知れないからな。覚悟を決めておきたい」

「心配しなくても大丈夫よ」

「どうして、そんなことが分かるんだ？」

「――ッ！」

ティリアが問い質すと、エレナはしまったと言わんばかりの表情を浮かべた。語るに落ちるとはこのことか。ずいっと身を乗り出す。

「どうして、そんなことが分かるんだ？」

「…………勉強したから」

エレナはそっぽを向き、もごもごと口を動かした。嘘を吐くなと思ったが、ここは信じたふりをするべきだろう。その方が彼女も話しやすかろう。

「そうか、お前は博識なのだな。で、どうして心配しなくても大丈夫なんだ？」

「………………準備が必要なの」

やはり、そっぽを向きながらもごもごと答える。スッと胸が楽になる。少なくともいきなり尻を使わせろと言われることはないようだ。

「どうやって準備をするんだ？」

「………………黄土神殿(おうどしんでん)に行けば教えてくれるわよ」

エレナは拗(す)ねたような口調で言った。もっと詳しい内容を聞きたいが、これ以上は『勉強した』の域を出てしまうか。仕方がない。尻に関する質問は終わりにしよう。

「そういえば純白にして秩序を司る神に誓っていたが、夜伽はどうしているんだ？　結婚(けっこん)まで純潔を保つように言われているだろう？」

「口や手でご奉仕(ほうし)してるわ。あとは——」

「胸ではしないのか？」

「できるわけないでしょ、あたしの胸で」

ティリアが言葉を遮って言うと、エレナは低く押し殺したような声で言い返してきた。

「あと……」

「待った。最後の部分が聞こえなかった」

「だから、ま……よ」

「聞こえないぞ、もう一回」

「だから、股よ！　股ッ！　股でクロノ様のを挟むのッ！　はい、これで満足⁉」

エレナはいきなりぶち切れ、顔を真っ赤にして叫んだ。ちょっと怖い。

「大体、何なのよ。いきなり夜伽の話を聞いてくるなんて。いくら皇女殿下でも失礼だわ。こういうのは内緒にしておくものなの」

「それはすまなかった。だが、私にも思う所があってだな」

「別に謝らなくてもいいけど……」

ティリアが素直に謝ると、エレナはふて腐れたような口調で言った。

「最後に一つだけ聞いていいか？」

「何？」

「クロノとはどんな風に愛し合ってるんだ？」

「愛し合ってるって言うか、あたしがご奉仕してあげてるのよ」

「どうして、お前達は見栄を張りたがるんだ」

「見栄って何よ？　あたしがクロノ様にご奉仕をしてあげてるの」

「わかったわかった。そういうことにしておいてやる」

ティリアは溜息を吐き、部屋を後にした。

※

あとはエルフの双子とハーフエルフだけだな、とティリアは自分の調査力に満足感を覚えながら侯爵邸の敷地を出た。道なりに進み、洗練された街並みが広がる商業区へ。さらにその先にある広場に行くと、露店がいくつも建ち並んでいた。

情報収集に努めなければならない。だが、好奇心が勝った。いや、楽観だろうか。広場に足を踏み入れ、露店を見て回る。すると――。

「「姫様、発見みたいなッ！」」

エルフの双子――アリデッドとデネブが近づいてきた。ありがたい。探す手間が省けた。

「丁度よかった。お前達に話があるんだ」

「ほうほう、あたしらに話とは珍しいこともあるみたいな」

「親交を深めるために露店で何か食べましょみたいな」

「そうだな」

「流石、姫様。話が早いみたいな」

「あたしらのお勧めはこちらみたいな」

　アリデッドとデネブはティリアの手を掴んで歩き出した。手を引かれながら視線を巡らせる。時季的な問題だろうか。キャベツの酢漬けや乾物、ソーセージなど加工された食品が多く売られている。食品だけではなく装飾品や工芸品、透明な石まである。

　アリデッドとデネブはある露店の前で立ち止まった。店主と思しき男が横長の調理器具でソーセージを焼いている。どうやら焼いたソーセージを提供する露店のようだ。

「おっちゃん、焼きソーセージ三本頂戴みたいな」

「銅貨一枚だ」

「姫様、支払いお願いしますみたいな」

「ごちそうになりますみたいな」

　店主が素っ気なく応じると、アリデッドとデネブはティリアの脇に回り込み、催促するように肘で突いてきた。払ってやりたいが――。

「ないぞ」

「「え⁉」」

アリデッドとデネブは驚(おどろ)いたように声を上げた。

「だから、ないんだ。金を持っていない」

「「じゃ、あたしらはここで」」

「待て」

アリデッドとデネブが逃げ出そうとし、ティリアは首根っこを掴んで引き寄せた。

「も、もう、あたしらの用事は済んだみたいな」

「自分の部屋で大人しくしてればよかったみたいな」

「親交を深めるのだろう？」

「深めたいけど、先立つものがないですみたいな」

「えへへ、あたしらは貧乏(びんぼう)みたいな」

「そうか」

ティリアが手を放すと、二人は胸を撫(な)で下ろした。

「ジャンプしろ」

「それは何故ですかみたいな？」

「いきなりそんなことを言われても困りますみたいな」

「ジャンプだ」

「「……はい」」

二人はその場でジャンプした。チャリチャリという音が響く。硬貨の擦れ合う音だ。

「親交を深めよう」

「……デネブ、割り勘」

「割り勘なのに割り切れない気分だし」

二人は財布から真鍮貨を五枚ずつ取り出して店主に渡した。ああ、とティリアは小さく声を上げた。割り勘の意味をようやく理解できた。

「毎度あり」

「はい、どうぞ」

アリデッドは店主から焼きソーセージを受け取ると差し出してきた。

「うむ、頂くとしよう」

「味わって欲しいみたいな」

「今日の焼きソーセージは塩っ気が強いし」

ティリアが焼きソーセージに囓り付くと、アリデッドとデネブも後に続いた。皮がパリッと破れ、肉汁が溢れ出す。料理としては雑だが、野趣に富んでいるとでもいえばいいのか、野外で食べるものと考えれば悪くない。焼きソーセージを食べ終えるタイミングはほぼ同時だった。二人は串をゴミ箱に捨て、そそくさとその場から立ち去ろうとした。

「あたしらはここで失礼するみたいな。非番だけど、超忙しいし」

「姫様、串はゴミ箱にみたいな」

「待て、失礼するな」

ティリアが呼び止めると、二人はぎくりと動きを止めた。歩み寄り、肩に手を回す。

「親交を深めたいんだろう？　思う存分、深めようじゃないか」

「こんなことなら声を掛けるんじゃなかったし」

「部屋で大人しくしておけばよかったみたいな」

ティリアが優しく声を掛けると、アリデッドとデネブはがっくりと頭を垂れた。

※

昼――周囲には芳ばしい匂いが漂っていた。昼食の匂いだ。一度に二百五十人分の食事を作る。重労働だが、女性陣は楽しそうに調理をしている。少なくとも移住したことを後悔しているようには見えない。

「……よかった」

　クロノは丸太に座り、小さく呟いた。太股を支えに頬杖を突き、ミノタウロス達を眺めているとアリアが近づいてきた。どんぶりに似た器を持っている。彼女はクロノの前で立ち止まると器を差し出してきた。箸もある。

「クロノ様、どうぞ」

「ありがとう、アリア」

　クロノはアリアから器を受け取り、見下ろした。器の中身はぶつ切りにした野菜と魚を煮込んだスープだ。見上げると、彼女は小さく頷いた。箸を手に取り、小さく魚を切り分けて口に運ぶ。塩と胡椒で味付けしているのだろう。塩気があり、ぴりっとしている。

「どう、でしょうか？」

「美味しいよ」

「よかった」

　正直な感想を口にすると、アリアはホッと息を吐いた。

「芳ばしい匂いがするね」

「最初に塩胡椒で魚を炒めたんです。そのせいだと思います」

「なるほど、そんな工夫が」

「いえ、工夫と言うほどでは……」

アリアは恥(は)ずかしそうに耳元を掻いた。クロノは器に口を付け、スープを啜(すす)った。

やはり塩っぱい。塩分の不足しがちな肉体労働者向けの料理なのだろう。

「料理が好きなんだね」

「はい、将来は自分の店を持てたらと考えてます」

「アリアには夢があるんだね」

「そんな、夢というほどでは……」

アリアは肩を窄(すぼ)めて言った。

「そういえばクロノ様は港を作るとのことですが、何のためですか？」

「もちろん、自分の領地を豊かにするためだよ。港を作れば貿易ができるようになる。貿易ができれば人と物が集まってくる。人と物が集まればさらに人が集まってきて、仕事が増えたり、新しい商売が始まったりすると思う」

クロノは箸で野菜を摘(つ)まみ、口に運んだ。

「うん、味が染(し)みてて美味(うま)いね」

「はい、そうなるように切れ目を入れています」

「へ～、そうなんだ」

あ、とクロノは声を上げた。いけない。話が逸(そ)れてしまった。

「ごめん。スープが美味しくてつい……」

「……いえ」

アリアはくすくすと笑った。

「トントン拍子にはいかないと思うけど、そうなったら税収が上がるからね。税収が増えたらバンバン公共事業をやって、救貧院の規模を大きくして……学校を作りたいな」

「学校ですか？」

クロノがぽつりと呟くと、アリアは可愛らしく首を傾げた。

「うん、いや、準備は全然できてないんだけど……」

「どうして、学校を作りたいんですか？」

「知識は力だと思う。皆に未来を切り開く力を持って欲しいんだ」

あくまで体感だが、ケフェウス帝国の識字率は十パーセントかそれ以下だ。そんな状況で読み書きができればそれは大きな力になるはずだ。

「それに……」

「それに？」

「いや、何でもない」

アリアが鸚鵡返しに呟き、クロノは頭を振った。誰もが等しい価値を持った世界を目指すとなれば政治に参加させることも視野に入れるべきだ。だが、その時に政治に参加できる能力がなければ意味がない。

「まあ、真っ昼間から勉強に時間を費やせる人は限られてるから日曜学校とか、夜学とか、農閑期（のうかんき）を利用するとか工夫しなきゃならないんだけどね」

「あの、学校には私達（たち）——亜人（あじん）も通えるのですか？」

「もちろんだよ」

「夢みたいですね」

「うん、夢みたいだ。でも、夢で終わらせないために頑張（がんば）るよ」

アリアが小さく呟き、クロノは笑った。

※

「まああだったな」

「あれだけあたしらに奢（おご）らせておいて何たる言い草みたいな！」

「奢らされるのがこんなに辛（つら）いとは思わなかったし！」

ティリアが露店を巡った感想を口にすると、アリデッドとデネブは文句を言った。

「さて、腹が膨れた所で――」

「「解放してくれるのみたいな⁉」」

アリデッドとデネブは期待に目を輝かせて言った。

「何処か落ち着いて話せる所に行くぞ」

「何たる傍若無人みたいな！」

「けど、逆らえる気がしないし！」

アリデッドとデネブは両手で顔を覆った。

「行くぞ、案内しろ」

「「……はい」」

アリデッドとデネブが体を引き摺るようにして歩き出し、その後に付いていく。二人は城門のある方に進み、薄汚れた建物の前で足を止めた。

「廃屋か？」

「失礼なことを言いますねみたいな！　ここはあたしらの憩いの場みたいなッ！」

「元女将の店にして、退役した仲間の店みたいな！」

ティリアが建物を見上げて言うと、アリデッドとデネブは声を荒らげた。

「それはすまなかったな」

「ううッ、すまないとは感じてなさそうな口調だし」

「けど、逆らえないみたいな。これが皇族パワー」

　二人はがっくりと肩を落として店に入っていった。もちろん、ティリアも後に続く。店に入り、視線を巡らせる。店内は思っていたより綺麗だった。

「いら——何だよ、お前らかよ」

　カウンターの内側にいたエルフの男が顔を顰めて言った。退役した仲間の割に随分な対応だ。いや、仲間だからこそか。

「トニオ、それはあんまりな対応だし」

「閑古鳥が鳴いてるくせに客を蔑ろにするとは何事ですかみたいな」

「うちは毎月黒字になる程度に流行ってるよ」

「「どうだか」」

　エルフの男——トニオがムッとしたように言い返すが、アリデッドとデネブは信じていないようだ。溜息を吐き、窓際のテーブル席に座る。ギシギシという音を立てて、トニオが近づいてくる。足下を見ると、右脚に金属の器具を付けていた。

「それで、注文は？」

「「水」」

「帰れ」

二人が即答すると、トニオはやはりムッとしたように言った。

「じゃ、この店で一番安い香茶」

「出涸らしは勘弁みたいな」

「分かった分かった」

トニオはうんざりしたように言って、カウンターに向かった。

「そういえばお前達はクロノから手当をもらってないのか？」

「「手当？」」

アリデッドとデネブは不思議そうに首を傾げた。

「愛人としての手当に決まっているだろ」

「姫様、見くびってもらっちゃ困りますみたいな」

「あたしらに対する報酬はこれ即ち愛みたいな」

「つまり、無給ということだな」

「無給とか言い出すと途端に仕事っぽくなるみたいな」

「仕事じゃなくて愛だし、愛」

二人は分かってないな～と言わんばかりの口調で言った。無給でもいいような気がするが、黙っておく。トニオがティリア達の前にカップを置いた。

「ごゆっくり」

「ああ、ありがとう」

トニオがカウンターに戻っていき、ティリアはカップを口元に運んだ。清涼感のある香りだ。香りを愉しんでから香茶を飲む。アリデッドとデネブは香茶を啜り――。

「「それで、何の用みたいな？」」

「夜伽の調子はどうだ？」

「いきなりぶっ込んできますねみたいな」

「できれば黙っておきたいし」

一方が体を引き、もう一方がそっぽを向いた。ティリアは二人の髪を見つめ、記憶を漁った。記憶が確かなら体を引いた方がアリデッドで、そっぽを向いた方がデネブだ。

「というか、姫様が一方的に質問するということに不公平感を感じるみたいな」

「公平、不公平の問題ではないような気が……」

アリデッドが不満を口にするが、デネブは追従せずに首を傾げた。

「では、互いに質問をする形式ではどうだ？　答えたくなければ黙秘してもいい」

「あたしは問題なしみたいな」

「まあ、それなら……」

アリデッドは何も考えてなさそうに、デネブは渋々という感じで頷いた。

「じゃあ、あたしから質問するみたいな！」

「う～、まあ、仕方がないな」

アリデッドが手を挙げて言い、ティリアは仕方なく頷いた。できれば自分から質問したかったのだが、この程度の譲歩は必要だろう。

「姫様とした後、クロノ様がふらふらしてたけど、何をしたのみたいな？」

「夜伽に決まってるじゃないか」

「いや、普通はふらふらにならないし」

「そうなのか？」

「そうだし」

ティリアが問い返すと、アリデッドは頷いた。デネブを見る。すると、彼女もこくこくと頷いていた。彼女達が夜伽を務めた時は長めだったような気がするのだが――。クロノはどうだっただろうかと記憶を漁るが、あの時は寝不足だったせいか思い出せない。

「一晩でどれくらい励んだのみたいな？」

「互いに質問をする約束だろ？」

「交互にとは言ってないし」

「まあ、それはそうだが……」

ティリアは口籠もった。おかしい。主導権を握られているような気がする。

「さあ、どうなのみたいな？」

「回数は覚えていないが、終わらせたのは朝だった」

「『終わらせた？』」

アリデッドとデネブが訝しげに眉根を寄せる。

「クロノが体力の限界というから仕方なくだ。私はもっとしたかったんだが……」

「道理でふらふらになる訳だし。というか、姫様の性欲と体力に脱帽みたいな」

「性欲と言うな」

ティリアがぴしゃりと言うと、アリデッドは苦虫を噛み潰したような顔をした。

「その顔は何だ？」

「性欲じゃないなら何なのみたいな？」

「クロノが可愛いからついつい攻めすぎてしまっただけだ」

「は～、物は言い様みたいな」

アリデッドは呆れたように言った。ちょっとだけイラッとした。

「大体、姫様は自分本位すぎるし」

「いけないのか？」

「当然だし。夜伽はコミュニケーションみたいな。クロノ様を楽しませ、あたしらも楽しむ。自分本位なのは長続きしないみたいな」

ふふん、とアリデッドは鼻を鳴らした。

「それで、自分本位な姫様はあたしらにどんな相談をしたいのみたいな？」

「相談じゃなくて質問だ」

「同じことだし」

くッ、とティリアは呻(うめ)いた。その通りだが、認めるのは癪(しゃく)だった。

「気分が問題なら言い直すし、何を聞きたいのみたいな？」

「……お前達は拘束(こうそく)されたことはあるか？」

「クロノ様に？」

「当たり前だろ」

アリデッドの問い掛けにティリアはムッとして言い返した。

「姫様は拘束されたのみたいな？」

「ぐッ…………うむ」

ティリアは呻き、しばらくしてから頷いた。二人はきょとんとした顔をしている。表情から察するに拘束されたことがないようだ。

「きっと、姫様が自分本位すぎて強硬策に出たに違いないみたいな」

「うぐぐ、そんなことは……」

アリデッドが呆れたと言わんばかりの口調で言い、ティリアは呻いた。否定したい所だが、拘束されるまでの経緯を思い出してみるとそうとしか思えなかった。

「姫様は初手で大失敗みたいな」

「あたしらも成功とは言いがたいような気が……」

「相対的に成功みたいな」

デネブが呻くように言ったが、アリデッドは何処吹く風だ。

「基本、クロノ様はあたしらに優しいし」

「それはそうだけど……」

アリデッドが胸を張り、デネブは口籠もりながら気遣わしげな視線を向けてきた。

「優しいとは？」

「耳を撫で撫でしてもらったり」

「……腕枕してもらったり」

アリデッドは自慢げに、デネブは申し訳なさそうに言った。ティリアはちょっとへこんだ。夜伽というものが何なのかまだ分からないが、全軍突撃ィッ！　みたいなノリじゃないことは確かだ。習うより慣れろと考えたり、勝負は対等でなければいけないとネグリジェを引き裂いたりするなんて馬鹿なことをしてしまった。穴があったら入りたい。

「優しいといえば――」

「あたしが寝てる間に抜け駆けとは――」

「だって――」

二人が楽しそうに言い合いを始め、ティリアは深い溜息を吐いた。

※

夕方――クロノは丸太に座り、シルバを眺める。効率、立体、と彼はぶつぶつと呟きながら設計図の周りを回っている。

「時間はあるんだし、もっと気楽にやってくれてもいいのに」

「私達もそう思うけど、実際シルバの立場になったらああなるだろうな～」

クロノが呟くと、ドワーフの女性が呟いた。赤銅色の髪を無造作に束ねた女性だ。地面に座り、丸太に寄り掛かっている。

「君は？」

「私はポーラ、見ての通りドワーフよ」

「今更な気もするけど、よろしく」

クロノはドワーフの女性――ポーラと握手を交わした。手を放すと、ポーラはにんまりと笑った。自分の思い通りになったことを喜んでいるような笑みだ。

「お近づきになれてよかった」

「それはどうして？」

「私は陶工で、いつか自分の工房を建てたいって考えてるの。だから、パトロンになってくれそうな人に顔と名前を覚えてもらいたかったの」

シルバの手伝いをしたのもそのためね、とポーラは笑った。その時、シルバが動きを止めた。そして、くわっと目を見開く。

「こ、これだッ！」

そのまま設計図に手を加えようとするが――。

「違う！　これじゃないッ！」

あーッ！　と頭を掻き毟りながら地面を転げ回る。

「あそこまで思い詰めなくてもいいのに……」

「私もそう思う」

クロノが呟くと、ポーラは頷いた。その間もシルバは地面を転げ回っている。ミノタウロスとリザードマンが遠巻きに見ている。不意にシルバは動きを止め——。

「こ、これだ！」

四つん這いでリザードマンに高速接近した。恐怖からか、リザードマンは手にしていた藁束を放り出して後退った。おお、とシルバは手を伸ばし——。

「これだ！　これで効率的な塩田ができるぞッ！」

シルバは立ち上がり、藁束を高々と掲げた。

※

ティリア達は客足が増え始めた頃に店を出た。

「姫様、またねみたいな！」

「……ああ、また会おう」

ティリアは侯爵邸、アリデッドとデネブは城門の方へと歩き出した。凍てついた風が吹き寄せ、ぶるりと身を震わせる。まるで今の心境のようだと自嘲する。

「……クロノは帰ってこないだろうし、今日は風呂に入って眠ってしまおう」

嫌なことがあっても一晩眠れば気分が和らぐものだ。そのことをいくつかの経験から学んだ。溜息を吐き、とぼとぼと歩き始める。すると――。

「皇女殿下⁉」

「――ッ！」

不運にもハーフエルフ――レイラと出くわして立ち止まる。非番なのだろうか。私服姿で、大きな荷物を持ち、さらにハーフエルフの少女を連れている。少女はきょろきょろとティリアとレイラを見比べている。この状況を理解していないのだろう。

「皇女殿下って？　お姫様？　うわッ、初めて見るや。初めまして、ボクはスノウ」

「スノウ！」

少女――スノウが無邪気に自己紹介すると、レイラは鋭く叫んだ。

「貴族や皇族の方に無闇に近づいてはいけません。無礼打ちされてしまいます」

「え～、でも、クロノ様は近づいても斬りかかってこないよ」

レイラが言い含めるように言うと、スノウは不満そうに唇を尖らせた。

「それはクロノ様が慈悲深い方だからです。本来ならば無礼打ちされても文句を言えません。これは貴方の身を守るためでもあります。分かりましたか？」

「は～い、分かりました」

スノウが不満そうに言うと、レイラはまなじりを吊り上げた。

「……スノウ」

「はい、分かりました」

レイラが語気を強めて言うと、スノウは神妙な面持ちで言った。

「何故、皇女殿下がここに？」

「うん、まあ、ちょっと視察にな」

「そうでしたか。お仕事、お疲れ様です」

レイラはぺこりと頭を下げた。どうやら疑っていないようだ。すぐに何処かに行ってしまうかと思いきやレイラはその場に留まり、何か言いたそうにしている。

「何だ？」

「夜道の一人歩きは危険ですので侯爵邸まで送らせて頂きたく存じます」

「お母さん、帰らないの？」

スノウが不満そうに言った。はて、今何と言ったのか。お母さんと言わなかっただろうか。お母さんとは子どもが母親に使う呼称だ。つまり、レイラはスノウの母親ということだろう。母親がいるということは父親もいる訳で――。

「ぐはッ！」

「皇女殿下！」

ティリアがその場に頽れると、レイラが駆け寄ってきた。スノウも一緒だ。立ち上がろうとするが、足がガクガクと震えて立ち上がれない。

「大丈夫？」

「だ、大丈夫だ。ちょっと目の前が真っ暗になっただけだ」

気遣わしげに声を掛けてくるスノウに答える。

「と、とと、ところで、お、お前はクロノとレイラの子どもなのか？」

「ごめんなさい。お母さんって言ってるだけで本当のお母さんじゃないんです」

「つまり、クロノの子どもか？」

「いえ！　いえッ！　クロノ様とも血の繋がりはありません！」

スノウは両手を左右に振って否定した。

「誤解させてしまい、申し訳ございません。立てますか？」

「そ、そうだな。クロノがエラキス侯爵領に配属されて一年も経っていないんだから、こんなに大きな子どもがいるはずないな」

ははははッ、とティリアは笑い、レイラの手を借りて立ち上がった。

「皇女殿下、侯爵邸まで送らせて頂きます」

「……よろしく頼む」

ティリアはレイラの申し出を受けることにした。まだ足がガクガク震えているし、断っても付いてきそうな気がしたからだ。

「スノウ、荷物を持って先に帰って下さい」

「うん、分かった」

レイラから荷物を受け取り、スノウは笑った。子どもらしい無邪気な笑みだ。ティリアの脇を擦り抜け、城門の方へと向かう。

「では、参りましょう」

「……そうだな」

レイラに促され、ティリアは侯爵邸に向かって歩き出した。まだ夕日が沈みきっていないせいだろうか通りには人気がある。そういえば――。

「さっきの荷物は何だったんだ？」

「あれは再生紙です」

「再生紙？」

「侯爵邸で使用された紙はインクを抜く処理をされた後、再び漉き直されるのです」

「どうして、わざわざ紙を漉き直すんだ?」

「資源の枯渇を防ぐためと聞いています。ただ、紙質が劣化するため書類には使われず、事務官のメモや文字の練習用に使われていますが……」

ティリアは店じまいの準備を進めている露店を横目に見ながら広場を通り抜ける。

「お前が文字の練習をするのか?」

「いえ、スノウに読み書きや算術を教えようと思いまして……」

レイラは恥ずかしそうに言った。知識も、力も独占してこそだと思うが、レイラ、いや、クロノは違うようだ。そんなことを考えながら商業区の洗練された街並みを歩く。チラリと隣を歩くレイラを見る。夜伽について聞くべきか悩み──。

「……クロノは優しいか?」

ぼそっと呟く。卑怯だと思うが、聞こえなければ諦めようと思ったのだ。レイラはきょとんとした顔でティリアを見た。どうやら聞こえてしまったらしい。

「クロノは優しいか?」

「はい、クロノ様にはいつも優しくして頂いております」

改めて尋ねると、レイラは微笑みを浮かべて言った。

「そ、そうか、クロノは優しいか」

「はい、初めてご寵愛（ちょうあい）を頂いた時から。ただ……」

「ただ？」

「いえ、何でもありません」

レイラは小さく頭を振った。反応から察するに優しくない時もあるということか。ちょっとだけ気分が楽になる。ここは踏（ふ）み込むべきだ。

「こ……縛（しば）られたりするのか？」

「いえ、縛られたことはありません」

レイラは即答した。ぐぬッ、と小さく呻く。つまり、クロノに拘束されたのは自分だけということだ。自分だけが特別と思えれば幸せになれるのだが——。

「どうすればクロノは優しくしてくれるんだ」

「……私はクロノ様から様々なものを頂きました」

独り言のつもりだったのだが、レイラはやや間を置いて答えた。自慢か？　と言いたかったが、ぐっと堪（こら）える。彼女の表情が真剣（しんけん）そのものだったからだ。

「クロノ様は教育を施（ほどこ）してくれましたが、私はピクス商会のニコラ様に教えて頂くまでその真意に気付けず、どうして愛して下さらないのかと不満を抱いていました。私は……」

レイラはそこで言葉を句切った。

「私は獣だったのです。クロノ様がどれほど大きな愛を与えてくれているのかも理解できず、想像を巡らせることすらせず、口で浅ましいと言いながら肉の繋がりを求める獣に過ぎなかったのです。今、私はクロノ様にお仕えしています。帝国の貴族だから、上官だからではなく、クロノ様に全てを捧げたいのです」

「……そうか」

ティリアは小さく呟いた。最初は何を言っているのかと思ったが、レイラはティリアも獣だと、欲しがるばかりで与えようとしていないと、それでは優しくしてもらえる訳がないと言いたいのだろう。不思議と腹は立たなかった。

「ああ、そうだな」

もう一度、呟く。今更ながら近衛騎士に裏切られた理由が分かった。

何もしなくても女帝になれると考え、彼らに報いようとしなかった。

そんな女に誰が忠誠を誓うだろう。誰が命懸けで助けようとするだろう。

ティリアは力なく頭を垂れた。

※

　ティリアは侯爵邸の正門を潜り、振り返った。そこにはレイラが立っている。

「私はここで」

「うむ、ご苦労だったな」

「いえ、気になさらないで下さい」

　労いの言葉を掛けると、レイラは小さく頭を振った。ティリアが侯爵邸に向かおうとすると、レイラがおずおずと口を開いた。

「……皇女殿下」

「何だ？」

「よろしくお願いいたします」

「ん、ああ……」

　何について言っているのか分からないまま頷くと、レイラは満足げな表情を浮かべて一礼した。そのまま元来た道を戻っていく。

「……何だったんだ？」

　ティリアは首を傾げながら侯爵邸の庭園を抜け、玄関の扉を開けた。すると、女将が腕を組んで立っていた。しまった。何も言わずにこの時間までほっつき歩いてしまった。

「……う、すまない」

「せめて、一声掛けて欲しかったよ」

女将は苛々(いらいら)した様子で言い——。

「けど、そのことはもういいんだ。実は姫様に伝えなきゃいけないことがあってね。食堂で伝えときゃよかったんだけど、ついついど忘れしちまった」

女将は髪を掻き上げ、言い訳がましく言った。何のことを言っているのだろう。

「何と言えばいいのか。スケジュール調整をしようってことになってね」

「スケジュール調整？」

「夜伽のスケジュール調整だよ、夜伽の。今まではなるようになってたけど、人数が増えてどうにもならなくなっちまってね。話し合いでスケジュールを決めようってことになったんだよ。だから、姫様にゃ是非(ぜひ)とも今日の話し合いに参加して欲しくてね」

ティリアが鸚鵡返しに尋ねると、女将は捲(まく)し立てるように言った。

「今日⁉」

「今日だよ、今日」

「どうして、私が——」

「決定打はクロノ様がふらふらになっちまったことだよ」

「うッ……」

女将が言葉を遮って言い、ティリアは呻いた。呻くしかなかった。ふとレイラが別れ際に『よろしくお願いいたします』と言っていたことを思い出した。何のことはない。あれはこのことを言っていたのだ。

「どうすんだい？　あたしはどっちでも構わないよ」

「分かった。話し合いに参加する」

ティリアはがっくりと肩を落とした。風呂に入って眠ってしまおうと思っていたのだが、この分だと眠れるのは深夜になりそうだ。

幕間　理性と本能の狭間

深夜――。

「異議ありだ！　ハーフエルフッ！」

「何がでしょう、皇女殿下？」

ティリア皇女がぶるんと胸を揺らしながら立ち上がって叫ぶと、レイラは淡々としていながら強い決意を感じさせる表情で問い返した。異議ばかりで全く進展がないわね、とあたし――エレナ・グラフィアスは円卓に着きながらそんな感想を抱いた。

円卓の間――侯爵邸にある会議室の一つだ。円卓は何処かの国で誰かが上座・下座を廃して自由闊達な議論をしようと主張したのが始まりらしい。どうして、円卓の間が侯爵邸にあるのか分からない。多分、格好いいからだろう。

「回数だ！　どうして、私が一回なのにお前が四回も夜伽をするんだ⁉」

「それは皇女殿下が手を挙げなかったからです」

「それは……。もっと駆け引きがあると思ったんだ！」

レイラが淡々と事実を指摘すると、ティリア皇女は口籠もり、声を荒らげた。話し合いが始まってからもう何度目になるか分からない叫びだ。

「見ろ！　お前がぽんぽん手を挙げるせいで私が最後になってしまったじゃないか！」

「それは皇女殿下が手を挙げないからです」

ティリア皇女が紙――六日分のスケジュール表を突き出して言うと、レイラはムッとしたように言い返した。堂々巡りだ。勘弁して欲しい。

「だから、駆け引きがあると思ったんだ！　ぽんぽん手を挙げるな！　もっとちゃんと駆け引きをしろ！　譲れる所は譲れッ！」

「ちゃんと譲りました」

「一回だけじゃないか！　大体、どうしてここだけ譲るんだ⁉」

「皇女殿下とされると、クロノ様が疲れ果てて翌日の仕事に支障を来すからです」

「クロノの都合じゃないかッ！」

ドンッ、とティリア皇女は机を叩いた。

「は～、全く話し合いにならないね」

隣を見ると、女将がうんざりした様子で頬杖を突いていた。

「司会なんだからもっとちゃんとやりなさいよ」

「ちゃんとやってただろ」

女将はムッとしたように言い、再び溜息を吐いた。視線の先ではレイラとティリア皇女が押し問答を繰り広げている。

「最初の一週間で区切っといてよかったよ」

「二週目以降は希望が重なったらじゃんけんで決着を付けさせるべきね」

「そういうことは最初に言っといてくれよ」

「ここまで拗れるとは思ってなかったのよ」

女将がぼやくように言い、あたしは言い返した。

「アンタは一回でいいのかい？」

「そっちこそ、一回もしなくていいの？」

「しばらくはいいよ、しばらくは」

「腰が抜けるまでやったから？」

「そうだよ。アンタこそ一回でいいのかい？　間を空けすぎるとまた貫通式をやる羽目になるんじゃないのかい？」

「貫通式って言わないで！」

「ったく、いい加減慣れりゃいいのに」

「その台詞、そっくり返すわよ」

あたしはムッとして言い返し、机に突っ伏して溜息を吐いた。

「いきなりどうしたんだい？」

「別に、ちょっと憂鬱な気分になっただけよ」

再び溜息を吐く。女将は売り言葉に買い言葉で言っただけだろうけど、ハッとさせられる一言だった。あたしがクロノ様に買われたのは去年の六月——今は三月だからもう九ヶ月が過ぎた計算だ。経理の仕事にはすっかり慣れた。生活環境にも、人間関係にも慣れたと思う。けど、夜伽は精神的に慣れない。誇りあるグラフィアス家の一員として慣れちゃいけないと思う。それなのに、あたしの体はあたしを裏切っている。

「……物語ならハッピーエンドよね」

「いきなり何を言ってるんだい」

「独り言だから流して」

「はいはい、だったらもう少し小さな声で言いな」

女将はムッとした口調で言った。そう、物語ならハッピーエンドだ。奴隷商人に売られた娘が貴族に助けられる。二人の間には身分の壁があったけど、娘が準貴族だったと判明して結ばれる。さらに悪党が報いを受ければ言うことなし。普通はそれで終わり。

残念だけど、現実は甘くない。クロノ様は仇を討つのに手を貸してくれない。無償で仇を討ってくれないならと誘惑したけどやっぱり駄目で——なのにやられた。

ううッ、とあたしは頭を抱えた。どうして、こんなことになっちゃったんだろう。きっと、あたしはおかしくなっちゃったんだ。そうでなければお尻で愛し合ったりなんかしない。そりゃ、処女は大事にしたいけど、でも、お尻。よりにもよってお尻。な、何が自分で選ばせてあげるよ。選択の余地なんてないじゃない。じ、自分は仰向けで——ああ、今にして思えば毅然と断るべきだった。それなのに、それなのに、あたしは自分で串刺し刑を実行した。自分からお尻を捧げた。

あ〜、とあたしは机の上で身悶えした。嫌だ嫌だと口にしながらいざその日が来れば準備を始めてしまう。それもちょっとドキドキしながら。あたしはおかしい。おかしくなってしまった。どうせ、おかしくなるなら勝ち気な性格もどうにかなって欲しかった。だって、どう考えてもこの性格が事態を悪化させてるもの。

あ〜、とまた声を上げそうになったその時——。

「お前の分を一回でいいから寄越せ！」

「拒否します！」

ティリア皇女とレイラの声が響き、あたしは我に返った。

「いいぞ、もっとやれみたいな！」

「もっとやれじゃないし！」

双子のエルフ――アリデッドとデネブが叫ぶが、その内容は正反対だ。

「あたしらは一度も出番がないみたいな！」

「それはそうだけど、あの二人の間に割って入るのは無理みたいな」

「そういう台詞は割って入る努力をしてから口にするべきだし」

「だったらデネブがやればみたいな」

「お姉ちゃんに任せたのが間違いだったみたいな！」

双子の片割れ――アリデッドがうんざりしたように言い、デネブは両手で顔を覆った。

ティリア皇女とレイラを見る。二人は飽きずにギャーギャー言い合っている。

「だったら次は控える！　だから、一回分寄越せッ！」

「それなら……いえ、本当に控えられるか様子を見てからにしましょう」

「どうして、上から目線なんだ！」

「言いがかりです」

「嘘だ。お前はクロノの最初の女は自分だと優越感に浸っているんだ」

「そんなことはありません」

「これが女の戦いでありますか」

呑気な声が聞こえ、あたしは隣を見た。すると、フェイが座っていた。話し合いを始めた時にはいなかったのにいつの間にやって来たのだろう。

「どうして、ここにいるのよ？」

「後学のために見学しているのであります」

「こんなの見ても役に立たないと思うけど……。そういえばティリア皇女に順番を譲ったんですって？　折角、あたしがお膳立てしてやったのに譲ってどうするのよ。アンタ、没落した家を再興するのが夢なんでしょ？」

「順番を譲ったのは申し訳ないと思うでありますが、まだ没落してないでありますよ」

フェイは肩を窄め、弱々しく反論してきた。何処か拗ねたような口調だ。

「ちゃんと考えたんでしょうね？」

「もちろん、ちゃんと考えたでありますよ。あの時、私はレオ殿やホルス殿、リザド殿のことを思い出してしまったのであります。心が完全にクロノ様の方を向いていない状態で夜伽を務めるのは不誠実と思ったのであります」

そう、とあたしは少し間を置いて頷いた。家を再興するのが目的なんだから誠実とか不誠実とかどうでもいいと思うけど、そこに拘ってしまうのがフェイだ。叔父と婚約者に裏切られたせいだろうか。そんな彼女(かのじょ)の愚直(ぐちょく)さを好ましく感じる。

「愛人になれなかったのは少し残念でありますが……。クロノ様の部下である限り、出世のチャンスは巡ってくるであります。次の戦いでは武勲を立てるであります」

「また留守番させられるんじゃないの？」

「そ、そんなことはないであります。今度は連れて行ってもらえるはずであります」

「だといいわね」

「……エレナ殿」

あたしが素っ気なく言うと、フェイは情けない声を上げた。ちょっと悪いことをしたかなって思うけど、次も留守番させられる可能性は高い。カド伯爵(はくしゃく)領が加わってさらに広くなったクロノ様の領地を守るには騎兵(きへい)の機動力が欠かせないからだ。

「これからのことを考えると気が重いわ」

「何故でありますか？」

「領地が増えたからよ」

「領地が増えるのはいいことでありますよ」

むふー、とフェイは鼻息も荒(あら)く言った。目が輝(かがや)いている。多分、都合のいい妄想(もうそう)をしているのだろう。その単純さも嫌(きら)いじゃないんだけど——。

「領地が増えたら二倍……って、そんな単純なものでもないけど、忙しくなるわよ？」

「望む所であります！」

「事務官を増やせないかしら」

「無視しないで欲しいであります」

あたしが呟くと、フェイは情けない声で言った。

「は～、せめて作業量を減らせればな～」

あたしが深い溜息を吐いたその時、パンパンという音が響いた。女将が手を打ち鳴らしたのだ。円卓の間にいる全員の視線が女将に集中する。

「もう夜更けだからちゃっちゃと決めちまうよ」

「私もできる限り早く終わらせたいと考えています。ですが……」

「私だってさっさと終わらせたいんだ。それなのに……」

レイラとティリア皇女が睨み合う。また同じ展開になるかと思いきや――。

「こりゃ、やり直した方がよさそうだね」

「――ッ！」

女将が溜息交じりに言い、レイラが目を見開いた。この展開は予想していなかったのだろう。けど、レイラが譲らないんじゃ仕方がない。

「そ、それはあまりにも不公平なのではないかと」

「まあ、そうだね」

レイラが呻くように言い、女将はあっさりと認めた。

「元はといえばあたしがルールを決めなかったのが原因だからね。そこは申し訳ないと思うよ。で、レイラ嬢ちゃんと姫様がやり合ってる時に考えたんだけどね。基本的にゃ希望者が手を挙げるって方法でいいと思うんだよ」

「希望が重なった時はどうするんだ？　相手が譲ってくれなければ話が進まないぞ」

「だから、点数制を導入するのさ。譲れば一点入って、次に希望が重なった時に優先されるって寸法だ。これなら譲った方にも損はないだろ？」

ティリア皇女が不満そうに言うと、女将はすらすらと説明した。

「これならレイラ嬢ちゃんも納得できるだろ？」

「はい、それなら……」

「じゃ、決まりだ。とはいえだ。また最初から決めるのは骨だ。だから、今から点数制を導入してスケジュールを調整するってのはどうだい？」

「はい、分かりました」

「異議なし」

「もう少しレイラと姫様の言い争いを見たかったみたいな」

「異議なし！　異議なしだしッ！」

意外にもと言うべきか。女将の提案にレイラ、ティリア皇女、アリデッド、デネブの四人が賛同した。女将が意味ありげな目であたしを見る。

「異議はないわ。けど、一つだけ……」

「何だい？」

「クロノ様が乗り気だった時はどうするのよ？　断るのも変でしょ？」

「その時は自分が担当する日と入れ替えりゃいいだろ？」

「まあ、そうね」

「さて、ちゃっちゃとスケジュールを調整しちまうよ」

点数制が導入され、夜伽のスケジュール調整はあっさりと終わった。

※

翌日――あたしは眠い目を擦りながら書類の作成に勤しんでいた。奴隷売買と娼館営業の許可証を更新しているのだ。許可証の有効期限は三ヶ月――有効期限が短すぎる気がするけど、これはより管理をしやすくするためだろう。それにしても――。

「……奴隷商人の数が増えたわね」

あたしは許可証の束を揃えながら呟いた。奴隷市は週に一度しか開催していないのに利益を出せるのだろうか。そんなことを考えていると、フェイが部屋に入ってきた。銀のトレイを持っている。

「エレナ殿、食事を持ってきたであります」

「ノックくらいしなさいよ」

「次は気を付けるであります」

フェイは机に歩み寄り、トレイを置いた。軽く目を見開く。トレイには二つの皿があるけど、軽く目を見開いたのは別の理由だ。

「何、これ？」

「女将の創作料理であります」

「創作料理ねぇ」

フェイがイスに座りながら言い。あたしはしげしげと創作料理を眺めた。皿の上には紡錘状のパンがある。パンの中心には切れ込みがあり、ソーセージが挟まれていた。上に乗っているのはマスタードだ。

「テーマは『手軽』だそうであります」

「『手抜き』の間違いじゃないの？」

フォークとナイフがない。あたしが困惑していると、フェイは創作料理を手で掴んでかぶりついた。どうやら手掴みで食べるらしい。行儀が悪いけど、仕方がない。あたしは創作料理を掴み、恐る恐る口に運んだ。ソーセージを嚙ると、熱々の肉汁が口の中に広がり、マスタードの辛みが舌を刺激する。うん、美味しい。一口食べると警戒心がなくなり、あたしはぺろりと創作料理を平らげてしまった。

「うん、こういう食事も偶にはいいわね」

「もう少し量があれば言うことなしであります」

フェイはちょっとだけ不満そうに言った。

「聞きたいことがあるんだけど、いい？」

「何でありますか？」

「奴隷商人の数がかなり多いんだけど、これで商売が成り立つの？」

「全員が全員、奴隷市に参加している訳ではないであります」

「どういうこと？」

「殆どの奴隷商人は奴隷市の開催に合わせてハシェルを訪れるのであります。他に代理で奴隷を売ったり、奴隷商人に奴隷を売ったりする奴隷商人もいるであります」

「それでこんなに多い訳ね。ったく、面倒臭いったらありゃしない」

「どうしたのでありますか？」

「書類を書くのが面倒臭いのよ。同じ文面を何枚も何枚も……」

は～、とあたしは溜息を吐き、机に突っ伏した。

「書類を書く手間が省ければ少しは楽になるのに」

「省けるでありますよ」

「どうやって!?」

あたしはガバッと身を起こした。

「版画機を使えば簡単であります」

「ちょ、それ、何処にあるのよ！」

「案内するであります」

フェイが立ち上がって歩き出し、あたしは慌てて後を追った。長い廊下を通り、エントランスホールを抜け、外に出る。槌を打つ音と紙の工房から立ち上る湯気の臭いに顔を顰めるが、フェイは気にする素振りも見せずにドワーフの工房に向かう。

あたし達に気付いたのだろう。外にいた工房の責任者——ゴルディが動きを止めた。

「おや、どうかしましたかな？」

「版画機を見に来たであります」

「それは構いませんが、版画機は三階の倉庫ですぞ」

「問題ないであります」

「分かりましたぞ。ただし、工房の中のものにはできるだけ触らぬように」

「もちろんであります」

「……分かったわ」

「では、こちらに」

　そう言って、ゴルディは背を向けて歩き出した。先導されて工房に入る。炉が二つもあるせいで工房の中はものすごい熱気だった。熱した鉄を金床で叩いているものだから音もすごい。よくもまあ、こんな環境で仕事ができるものだ。

　ゴルディが無言で工房の壁に設置されたらせん階段を登り、あたし達も付いて行く。薄暗い階段を抜け、二階に出る。二階ではドワーフ達が作業台に向かっていた。涼しく静かなのでちょっとだけホッとする。さらに階段を登る。マズい。日頃の運動不足が祟って脚が痛くなってきた。太股が張り、臑が痛い。息も切れてる。三階まで保つだろうか。心配だったが、何とか三階に辿り着く。

「足がぶるぶるしているであります。運動不足でありますね」

「分かってるなら聞かないでよ」

「あれが版画機ですぞ」

　ゴルディが倉庫の一角を指差し、あたしはそちらに視線を向ける。版画機はテーブルに似ていた。テーブルにスライドする板と本棚を組み合わせればこんな形になるだろう。本棚と言っても仕切りはなく、斜めに溝の彫られた鉄棒が中心を貫いている。さらに鉄の棒と木の棒が垂直に交差している。

　ん？　と首を傾げる。本棚部分を何処かで見たような気がする。何処だっただろう。って聞けばいいのよね、聞けば。ゴルディに視線を向ける。

「あの本棚みたいなヤツ、何処かで見たような気がするんだけど？」

「ぶどうの搾り器ですな」

　あッ！　と声を上げる。そうだ。ぶどうの搾り器だ。実家で何度も見た。本棚なんてとんでもない。版画機はテーブルとぶどうの搾り器を組み合わせたものだったのだ。

「使い方はぶどうの搾り器と同じ？」

「金属板を置いて、紙を重ねる以外はほぼ同じですな。まあ、綺麗に刷るには多少の調整が必要になりますが……」

「すごい！　すごい発明だわッ！　どうして、教えてくれなかったのよッ！」

あたしは思わず叫んだ。版画機があれば許可証を書く手間が省ける。さらに必要な項目が記入された紙を用意すれば各種申請が楽になる。すごい、本当にすごい。こんな夢の器械がこの世界に存在するなんて思わなかった。

「版画機に何か用ですかな？」

「お願い！　これを使わせてッ！」

あたしは詰め寄って叫ぶと、ゴルディは気圧されたように後退った。

「私は構いませんが……」

「ああ、そうよね。クロノ様の許可が必要よね」

「そういうことですな」

「ってことはクロノ様待ちか」

「どうして待つのでありますか？」

「どうしてって、クロノ様はカド伯爵領の視察に行ってるでしょ？」

「クロノ様は戻ってすぐに奴隷市の視察に出掛けたであります」

「それを早く言いなさいよ」

「質問してくれないと分からないでありますよ」

フェイは拗ねたように言った。奴隷市か。正直にいえば行きたくない。いや、行く行かない以前に奴隷市が何処で開催されているのか分からない。だから、クロノ様が帰ってくるのを待つべきだ。でも、クロノ様はああ見えて忙しい。奴隷市の視察を終えた後、カド伯爵領にとんぼ返りする可能性だってゼロじゃない。

「……フェイ、付き合ってくれる？」

「構わないでありますよ」

あたしがおずおずと尋ねると、フェイは頷いてくれた。

※

「ここが奴隷市の開催される娼館であります」

「へぇ、ここが」

あたしは奴隷市の会場となる娼館を見上げた。裏通りに連れて行かれるんじゃないかと警戒していたんだけど、案内されたのは商業区の一角だった。周囲の建物と見比べても違和感はない。石造りの建物でよく言えば控えめ、悪く言えば地味な建物だった。周囲の建物と違う点があるとすれば入り口に二人の門番――黒服が立っていることだ。

どうすれば中に入れるのか考えていると、フェイがふらふらと黒服に歩み寄った。知り合いなのかしら。考えてみればフェイは外で仕事をしている訳だし、娼館の黒服と知り合いでもおかしくない。そう思ったんだけど、黒服はフェイの行く手に立ち塞がった。

「……失礼」

「何でありますか？」

「いや、それはこっちが聞きたい。何の用だ？」

「クロノ様に会いに来たのであります」

「名前は？」

「フェイ・ムリファインであります。あと後ろにいるのはエレナ殿であります」

黒服に見つめられ、あたしはきょろきょろと周囲を見回した。身を隠せそうなものがあればと思ったんだけど、残念ながら身を隠せそうなものはなかった。

「……おい」

「分かった」

黒服が目配せすると、もう一人は扉を開けて娼館の中に入った。

「確認しに行ったのでありますか？」

「ちょっと！」

フェイが不思議そうに首を傾げ、あたしは駆け寄って彼女の服を引っ張った。

「何でありますか？」

「何でありますかじゃないわよ！　そういうことは聞かなくていいのッ！」

「分からないことがあれば質問しろとケイン殿が――」

「そういう意味じゃないから！」

「そうでありますか」

あたしが声を張り上げると、フェイはしょぼんと項垂れた。

「すまないが、静かにしてくれ。ここは紳士の社交場なんだ」

「紳士の社交場？　娼館でしょ？」

「紳士の社交場だ。そういうことにしておけばここを利用される方々も、ここで働く女達も幸せでいられる。もちろん、俺もだ」

黒服が言い含めるように言った直後、扉が開いた。

「確認が取れた。入れ」

扉を開けた黒服に手招きされて中に入る。黒服が無言で歩き出し、後を追う。絨毯の敷かれたロビーを抜けると、そこはホールだった。カウンターバーがあって、その先には舞台がある。奴隷市に立った――吐瀉物に顔を埋めて懇願した日のことを思い出すと、心臓が大きく鼓動した。不快な鼓動だ。さらに口の中に苦いものが広がる。

黒服は舞台の正面にあるソファーの前で立ち止まった。クロノ様はソファーに座り、女を侍らせていた。髪の長い、露出度の高いドレスを着た女だ。多分、いや、娼館なのだから娼婦に違いない。黒服は娼婦の傍らに立ち、静かに口を開いた。

「……エレイン様」

「ご苦労様。戻っていいわよ」

「はッ、失礼いたします」

黒服は娼婦──エレインに一礼するとあたし達を一瞥して去って行った。あたしはソファーの前に回り込み、クロノ様と向かい合う。クロノ様は驚いたように目を見開き──。

「どうしたの？　こんな……紳士の社交場に来るなんて」

「……クロノ様にお願いがあって来たのよ」

あたしはちょっと、いや、かなり苛々しながら言った。理由は分かってる。ここにいると奴隷市に立った日のことを思い出すからだ。それがあたしを苛々させる。

「まあ、座りなよ」

「……分かったわ」

クロノ様がぽんぽんとソファーを叩き、あたしは隣に座った。もちろん、エレインとは反対側だ。フェイは——ソファーの傍らで背筋を伸ばして立っている。

「で、何の用なの？」

「そのことなんだけど……って、真っ昼間からお酒を飲んでるの？」

　クロノ様がグラスを持っていることに気付き、顔を顰めた。

「水だよ。隠語でも何でもなく本当にただの水」

「嫌がらせでも受けてるの？」

「失礼ね。私達は誠心誠意おもてなししようと思っているのよ」

　答えたのはエレインだった。

「でも、クロノ様が受け取って下さらないの」

　エレインがしな垂れ掛かり、クロノ様は迷惑そうな、それでいて満更でもなさそうな表情を浮かべた。何故だろう。ムカムカする。奴隷市に立った日のことを思い出すのとはまた別種のムカムカだ。あたしは距離を詰め、クロノ様の腕を掴んだ。そんなあたしを見て、エレインはくすくすと笑った。馬鹿にされた。体がカッと熱くなる。

「折角の紳士の社交場なのにお酒も飲まない。社交に興じもしない。ねぇ、貴方からももっと楽しむように言ってやってくれない？」

「要は娼館で娼婦を買えってことじゃない。なんで、あたしがそんなことをしなきゃならないのよ。真っ平ご免よ」

「あら、嫌われちゃったわ」

「娼婦のくせに気安いのよ」

「そうね。確かに気安かったわ」

エレインは優しげな口調で言い、目を細めた。悪寒が背筋を這い上がり、瞬間的に自身の失策を悟る。怒らせてはいけない相手を怒らせた。けど、もう遅い。エレインはクロノ様から離れるとソファーに寄り掛かり、優雅に脚を組んだ。

「改めて挨拶するわね。私はエレイン・シナーよ」

「エレイン・シナー？　ひょっとして娼婦ギルドのギルドマスター？」

「よく知ってるわね」

「イーメイに留学していた時に、バカな男どもが騒いでたから覚えてただけよ」

「ああ、そうだったわね。貴方はイーメイに留学してたのよね。今は奴隷だけど」

そう言って、エレインは微笑んだ。揶揄するかのような言葉を吐いたのにその微笑みは完璧だった。目が笑っていないことを除けば。

「奴隷のくせに気安すぎるんじゃないかしら？」

「そんなのお互い様でしょ」

「お互い様？　残念だけど、私達には大きな差があるわ」

「どんな違いよ？」

「分からないの？　私は自分で娼婦になることを選んだけど、貴方は自分で奴隷になることを選んだ訳じゃないわ。それに、私は自分の好きな時に娼婦をやめられるけど、貴方は違うわよね？」

「あたしだって、いつでも奴隷をやめられるわよ」

あたしはエレインを睨み付けた。クロノ様からもらった給料をちゃんと貯めている。その気になれば自由を買い戻せるのだ。

「でも、奴隷のままよね？　そんなに首輪付きの生活は居心地がいいの？」

「――ッ！」

あたしは精一杯の憎しみを込めてエレインを睨み付けた。けれど、憎しみで人を殺せないことくらい分かっている。彼女もそれを理解している。だから、微笑みを崩さない。

「私は自分で選んだ生き方に誇りを持っているわ。貴方はどうかしら？」

「………ないわよ、そんなもの」

あたしは長い沈黙の後で答えた。奴隷であることに誇りなんて持てない。だって、あたしは自分で奴隷になることを選んだ訳じゃない。叔父と婚約者に陥れられ、奴隷として売られただけだ。それで、どうして誇りが持てるだろう。

「誇りはないくせに独占欲はあるのね」

「独占欲？」

「さっきどんな顔をしていたか覚えてないのね。私のご主人様を盗らないでって顔をしていたわよ。まあ、そうよね。懇願して奴隷にしてもらったんだものね」

鸚鵡返しに呟くと、エレインは再び揶揄するように言った。

「エレインさん、その辺にして下さい」

「不快な思いをさせてごめんなさいね。でも、私にだって誇りはあるのよ。だから、その誇りを踏みにじった相手には報復することにしてるの」

クロノ様が窘めるように言うと、エレインは拗ねたように唇を尖らせた。そして、笑みを浮かべる。先程とは違う。酷薄な笑みだ。程なく――。

「紳士の皆様、お待たせいたしました！　只今より奴隷市を開催しますッ！」

司会が舞台の袖から飛び出して叫んだ。

「一人目は自由都市国家群出身！　破産した商家の一人娘ッ！　ここから先の情報はいつも通り舞台を一周した後で本人から……」

さらに口上を述べようとするが、不意に黙り込んだ。思わずエレインを見る。けど、優雅に脚を組んだままだ。彼女は何もしていない。だが、何もしていないと思えるほどあたしはおめでたくない。絶対に何かしたはずだ。

「失礼いたしました。本日は特別に私が出自を申し上げます。本日の一人目はウェスタ嬢、自由都市国家群イーメイ出身です」

「――――ッ！」

ウェスタという名前を聞いて、あたしは鈍器でぶん殴られたような衝撃を覚えた。イーメイで仲よくしていた友達の名前だったからだ。お父様が死んで、イーメイを離れる時に涙を流して別れを惜しんでくれた。そして、再会を約束した。まさかと思う。間違いであって欲しいと願う。きっと、嘘だ。こんなタイミングは有り得ない。

「先程申し上げました通り、ウェスタ嬢はご実家が破産し、その負債を少しでも軽減するために奴隷となりました。紳士の皆様、人助けだと思って値段をお付け下さい。では、ウェスタ嬢！　どうぞ！」

司会が名前を呼び、舞台の袖から少女――ウェスタが出てきた。ショックで目の前が暗くなる。けれど、安心もしていた。彼女の白い肌には痣一つなかったからだ。あたしと違って丁寧に扱われていたようだ。

ウェスタはおどおどした様子で舞台の縁を歩く。歓声が上がり、彼女は顔を真っ赤にして俯いた。今にも泣き出してしまいそうな顔をしている。気が小さく、胸が大きいことを気にしていつも猫背で歩いていた。それなのに布きれ一枚着せられて、男どもの無遠慮な視線に曝されているのだ。泣き出しそうになって当然だ。不意に目が合い、あたし達はどちらからともなく目を伏せた。

「……ウェスタと申します。出身は自由都市国家群イーメイです。父が破産して、その負債を少しでも補填するために奴隷になりました。算術はあまり得意ではありませんが、それなりに学はあるつもりです」

あたしが俯いている間に舞台を回り終えたのだろう。ウェスタが自己紹介する。

「どうかしたの？　震えているわよ？」

「――ッ！」

エレインの言葉であたしは自分が震えていることに気付いた。

「さっき報復って言ったけど、あたしはクロノ様の――」

「そんなこと言われなくても分かってるわ」

エレインはあたしの言葉を遮って言った。

「貴方、本当に分からないの？　それとも分からないふりをしているの？」

あたしは答えなかった。本当は分かっている。けれど、言えない。もし、万が一、エレインが報復の手段を決めていなかったとしたら、あたしの一言がウェスタを苦境に追い込んでしまう可能性があるからだ。

「では、金貨二十枚からスタートです！」

「金貨二十一枚！」

「二十二だ！」

「だったらこっちは二十三枚だ！」

司会が声を張り上げ、競りが始まる。小刻みに金額が上昇するが、最初の金額が金貨二十枚だった時点でウェスタを助けることはできなくなった。あたしがこの九ヶ月で貯めたお金は金貨二十枚に満たないからだ。

「三十！」

「三十一！」

「金貨三十一枚と真鍮貨一枚だ！」

何が楽しいのか、ドッと笑い声が上がる。そんな中、エレインが静かに手を挙げた。笑い声がぴたりと収まり、あたしは胸を押さえた。気分が悪い。さっき口にできなかった言葉が現実のものになろうとしている。

「……金貨百枚」

エレインが厳かに告げると、おぉ～という声が上がった。

「アンタッ！」

「言ったでしょ？　報復するって」

エレインを睨み付ける。けど、彼女は艶然と微笑んでいる。

「……ウェスタに何をさせるつもり？」

「娼館の主が奴隷を買ったならやらせることは一つしかないでしょ？」

「ふざけないで！」

「本気よ。私は侮蔑されて笑顔で許してやるほど寛大じゃないの。でも、安心して。報復はここまでよ。他の娘と同じようにウェスタを扱うと約束するわ」

「死んじゃうわ。ウェスタは気が小さいの」

「大丈夫よ。すぐに慣れるわ」

エレインはにんまりと笑い、あら？　と声を上げた。振り返ると、フェイがずいっと歩み出る所だった。剣の柄を握り締めている。

「私を斬っても解決しないわよ？」

「違うであります」

フェイは剣ごと剣帯を外し、クロノ様に差し出した。

「クロノ様、これで金貨百枚を貸して欲しいであります」

「ああ、そういうこと。でも、その剣はカヌチの作じゃないわよね？」

「父の形見であります」

「中古で売るとして金貨一枚って所じゃないかしら」

フェイがムッとしたように睨み付けると、エレインはくすくすと笑った。

「私はいつでもクロノ様の求めに応じる覚悟があるであります。だから、金貨百――」

「金貨百枚で足りるのかしら？　私は金貨千枚まで出すつもりなのだけれど」

「奴隷一人に金貨千枚⁉」

「出すわよ。いい？　報復というものはね。採算を度外視してもやるものなのよ」

あたしが思わず叫ぶと、エレインはくすくすと笑った。

「ならば上限なしでお願いするであります！」

「悪いけど、金貨千枚は出せないよ」

フェイが新たな提案をするが、クロノ様は力なく首を横に振った。絶望感が胸に広がるけど、クロノ様の決断は正しい。領地のためならともかく、個人的な理由で金貨千枚を浪費するのは間違っている。けど、涙が出た。自分の馬鹿さ加減のツケを友達に支払わせることになったからだ。

「……エレインさん」

「何かしら？」

　クロノ様が静かに呼びかけると、エレインは機嫌よく応じた。

「僕はエレインさんといいお付き合いをしたいと考えています」

「あら、気が合うわね。私もいいお付き合いをしたいと考えているわ。でも、さっきも言った通り、私は侮蔑されて笑顔で許してやるほど寛大な性格じゃないの」

「分かります。けれど、耐えなければならない時もあります」

「知ったような口をと言いたいけど、貴方には資格があると思うわ」

「資格なんてありませんよ」

　クロノ様は力なく首を横に振った。

「参考までに聞きたいのだけれど、耐えなければならないのはどんな時かしら？」

「今、僕は港を作っています」

「ええ、知っているわ」

　エレインは脚を組むのを止め、身を乗り出した。

「完成したら月単位か、年単位で港の使用権を売りに出そうと考えています」

「港の使用権を売ってくれるの？　でも、私は娼婦ギルドのギルドマスターであって、商業ギルドのギルドマスターではないわ。港の使用権を手に入れてもどうすればいいのか見当も付かない。もし、よければ知り合いを紹介するけれど……」

「いえ、僕は自分で貿易をやってみたいんですよ」

「手伝えということかしら？」

エレインは困惑しているかのような表情を浮かべた。

「それも違います。カブシキガイシャみたいなことをやってみたいなって思ってます」

「カブシキガイシャ？　何処の国の言葉よ」

「ちょっと説明が難しいのですが……」

クロノ様は困ったように頭を掻いた。

「分からない所はその都度聞くから構わないわ」

「たとえばある人が商売を始めたいと考えているとします。でも、商売を始めるための資金はもちろん、借金の担保にするものもありません。こんな時、どうすれば資金を調達できると思いますか？」

「担保なしでお金を貸してくれる人を探すか、真面目に働いてお金を貯めると言いたいけれど、そんなありきたりの答えじゃないわよね？」

「はい、その通りです」

降参、とエレインは両手を上げた。

「随分(ずいぶん)、あっさり降参しますね」

「答えが気になるんですもの。それで、答えは？」

「商売の権利を売るんです。当然、買った側には分け前を要求する権利がありますし、経営状態が思わしくなければ改善を要求したり、経営者の交替(こうたい)を求めたりできます」

「面白(おもしろ)いアイディアね。それで権利を買った側、いえ、クロノ様の取り分は？」

「三割といった所ですね」

クロノ様は微笑み、居住まいを正した。

「どうです？　興味を持ってもらえましたか？」

「とても興味深い話だけど、真意が見えないわ。お金を用立てられるのなら自分で商売を始めた方が早いんじゃないかしら？」

「それができればいいんですけどね。残念ながら僕には商売を始めるノウハウがありません。それだけじゃなくてコネも経験もありません。だから、まあ、自分でも都合のいいことを言っているんですが、ないものを補い合えればと思います」

「……そうね」

エレインはやや間を置いて頷(うなず)いた。

「詳しい話を聞きたいけれど、そのためには報復を諦めなきゃ駄目ってことよね？」

「勝手なことを言っているのは承知していますが、怒りを収めて頂けると助かります」

クロノ様はエレインに向き直り、深々と頭を垂れた。すると、彼女は驚いたように目を見開いた。まさか頭を下げられるとは思わなかったのだろう。

「分かったから頭を上げて」

エレインが少しだけ慌てたように言うと、クロノ様は頭を上げた。

「怒りを収めて頂けたでしょうか？」

「怒りは収めないけど、報復はしないと誓うわ」

「ありがとうございます」

クロノ様は礼を言い――。

「金貨百枚と真鍮貨一枚！」

「え、あ……」

クロノ様が手を挙げて叫ぶと、司会は困惑した様子で周囲を見回した。

エレインが腕を組み、小さく頷く。

「ウェスタ嬢、金貨百枚と真鍮貨一枚で落札です！」

司会が叫び、ウェスタの落札が決定した。

「よかったわね？　ご主人様が事を収めてくれて」

「――ッ！」

あたしは唇を噛み締めてエレインの嫌みに耐えた。本当のことだ。あたしは分を弁えずに喧嘩を売り、その代償を友達に支払わせる所だったのだ。

「……エレインさん」

「報復するのは諦めたんだもの、嫌みを言うくらい許して欲しいわ。それで、詳しい話はいつ聞かせてくれるの？」

「いつでもいいですよ」

「今日でもいいかしら？」

「ええ、もちろんです」

エレインは驚いたように目を見開き、拗ねたように唇を尖らせた。

「全て計算尽くだったのかしら？」

「まさか、出たとこ勝負ですよ」

「分かったわ。そういうことにしておいてあげる」

エレインはくすっと笑い、立ち上がった。

「どうかしたんですか？」

「箱馬車を手配してくるわ」

「僕は徒歩でも構いませんが？」

「私が構うのよ。すぐに手配してくるから待っててね。帰っちゃ嫌よ？」

エレインは悪戯っぽく言って、その場を立ち去った。

※

あたしは箱馬車の窓枠に肘を乗せ、外の景色を眺めていた。景色がゆっくりと流れていく。いつもより視界が高いせいだろう。見慣れたはずの街並みが新鮮に映る。けれど、この憂鬱な気分を払拭するには至らない。今乗っているのがエレインの用意した馬車でなければ少しは気分が晴れたんだろうけど——。

「……あの、エレナちゃん？」

声を掛けられ、向かいの席を見る。そこにはクロノ様のマントを羽織ったウェスタが座っていた。その隣にはフェイが座っている。クロノ様とエレインはいない。別の箱馬車に乗っているのだ。気を利かせたつもりなんだろうけど、余計に憂鬱な気分になる。

「何よ？」

「うん、あのね、エレナちゃんと一緒でよかったなって」

「よくないわよ」

え？　とウェスタが問い返してきた。

「よくないわよ！　奴隷よ！　奴隷！　あたしも、ウェスタも奴隷になったのよ！　あたし達はもう所有物なの！　どんなひどいことをされても文句は言えないの！」

「あの、エレナちゃんはひどいこと……ごめんなさい」

あたしが捲し立てると、ウェスタはおずおずと口を開き、俯いてしまった。

「されたわよ。奴隷商人にひどい目に遭わされたわ。クロノ様にも……」

「……エレナちゃん」

ウェスタは身を乗り出し、手を伸ばしてきた。けれど——。

「触らないで！」

「きゃッ！」

あたしは手を払い除けた。ウェスタが小さく悲鳴を上げる。

「……ごめん」

「私の方こそ、ごめんなさい」

視界が涙で滲んだ。ウェスタは奴隷に堕とされてもあたしの身を案じてくれる。

「謝る必要なんてないわ。あたしはエレインに喧嘩を売って、ウェスタにそのツケを支払わせる所だったんだもの。最低よ」

「でも、私は無事だよ？」

「それはクロノ様が機転を利かせてくれたからよ」

「何もされてないから気にしないで……」

「ごめん」

あたしは何とか言葉を絞り出した。情けなく、惨めな気分だった。けれど、ウェスタに許されたことに安堵してもいた。本当にあたしは駄目な女だ。

再び深々と溜息を吐いたその時、箱馬車がスピードを緩めた。窓の外を見ると、侯爵邸の塀が見えた。箱馬車がゆっくりと侯爵邸の敷地内に侵入し、玄関の前で止まった。しばらくして箱馬車の扉が開く。開けたのは黒服だ。

「……下りろ」

黒服の言葉に従い、あたし達――あたし、フェイ、ウェスタは箱馬車を下りた。箱馬車の前方を見ると、箱馬車がもう一台止まっていた。黒服が扉を開け、クロノ様とエレインが下りてきた。クロノ様はエレインに何かを言い、早足に近づいてきた。

「これから話し合いをするけど……」

「好きにすればいいじゃない」

そう言って、すぐに後悔した。どうして、憎まれ口を叩いちゃうんだろう。ありがとうって言わなきゃいけないのに。クロノ様は深い溜息を吐き——。

「その前に、どうして娼館に来たのか聞いておこうと思ったんだよ」

「書類を作るのに版画機を使わせて欲しかったのよ」

「版画機を？　ああ、確かに定型文なら版画機を使えば楽に作れるね」

「で、どうなの？」

「使っていいよ。でも、今後はまずシッターさんに相談してね」

「そうね。次からそうするわ」

言われてみればその通りだ。事務の責任者はシッターさんだ。頭越しにクロノ様にお願いするのは誉められた行為ではない。そう頭では分かっているのに何処か拗ねたような口調になってしまった。

クロノ様はこれ見よがしに溜息を吐くと、手を伸ばした。体がびくっとなるけど、動けない。クロノ様は指を首輪に引っ掛け、軽く引く。本当に軽く。抵抗しようと思えば抵抗できる。それなのにあたしはクロノ様に引き寄せられていた。ウェスタを見ると、顔面蒼白になっていた。心配してくれている。それなのにあたしは体を熱くしている。

「今回はどうにかなったけど、あまり敵を増やすような真似をしないでね？　それとウェスタのことだけど、様子を見て問題なければ事務官見習いとして働いてもらう。その時は先輩として面倒を見てやって」

「わ、分かったわ」

あたしが太股に力を入れながら言うと、クロノ様は首輪から指を離した。そのままへたり込みそうになるけど、何とか堪える。クロノ様はウェスタに視線を向け――。

「……ウェスタ」

「は、はい！」

名前を呼ばれ、ウェスタは背筋を伸ばした。大きな胸がゆさっと揺れる。恥ずかしいのだろう。ウェスタの頬が朱に染まる。けれど、猫背にはならない。きっと、あたしの様子を見て、クロノ様を怖い人だと勘違いしたのだろう。

「今日はゆっくり休んで」

「はい、分かりました」

「あとのことはメイド長のアリッサに任せるから」

そう言って、クロノ様はあたし達に背を向けて歩き出した。エレインはあたしを一瞥するとクロノ様と屋敷の中に消えた。ふ～、とウェスタは溜息を吐き、背を丸めた。

「こ、怖かったです」

「当然であります。クロノ様は数々の修羅場を潜り抜けた歴戦の猛者でありますからね」

「や、やっぱり……」

フェイが誇らしげに言うと、ウェスタは震える声で言った。そんなに怖くないわよ。優しい所もあるし。弁護しようと口を開いたその時、玄関の扉が開いた。扉を開けたのはメイド長のアリッサだった。視線を巡らせ、しずしずと歩み寄ってくる。アリッサはあたし達から少し離れた場所で立ち止まり、恭しく一礼した。

「お初にお目に掛かります。メイド長を務めておりますアリッサと申します。旦那様よりお部屋に案内するように仰せつかっております。どうぞ、こちらに」

「あ、あの！」

アリッサは踵を返そうとしたが、ウェスタの声で動きを止めた。

「何かご質問ですか？」

「質問というほどでは……」

ウェスタがごにょごにょと言い、アリッサは小さく微笑んだ。それに勇気づけられたのだろう。ウェスタは意を決したように口を開いた。

「クロノ様、いえ、旦那様はどんな方なのでしょうか？」

「とてもお優しい方です」

アリッサが即答すると、ウェスタは目眩を起こしたようによろめいた。即答されたせいで言葉通りに受け止められなかったのだろう。

「どうかなさったのですか？」

「い、いえ、目眩が……」

「それはいけません。すぐにお医者様を――」

「い、いえ、だ、大丈夫です！」

ウェスタはアリッサの言葉を遮って言った。

「そうですか？　あまり辛いようでしたら遠慮なく仰って下さい」

エレナちゃん、とウェスタは泣きそうな顔であたしを見た。

「ご安心下さい。ウェスタ様の部屋はエレナ様の隣です。では、参りましょう」

「……はい」

アリッサが背を向けて歩き出し、ウェスタは肩を落としてその後に続いた。二人の姿が侯爵邸の中に消える。

「ウェスタ殿、大丈夫でありますかね？」

「大丈夫でしょ、多分」

「エレナ殿！」

「――ッ！」

突然、フェイが叫び、あたしはびくっとしてしまった。

「何よ！　いきなり大声を出してッ！」

「今日の件はあまり気にしない方がいいであります」

「なんだ、それが言いたかったの」

「センシティブな話題だったので気合いを入れたのであります」

「……そう」

フェイが申し訳なさそうに言い、あたしは小さく頷いた。

「……今日はありがと」

「礼には及ばないでありますよ。私達は友達でありますからね」

友達！　友達ッ！　とフェイは胸を叩いてアピールした。

「なんで、そんなに友達であることをアピールするのよ？」

「アピールは大事であります！　では、失礼するでありますッ！」

フェイは踵を返して歩き出した。向かう先には木剣で素振りをする少年――フェイの弟子でトニーという名前だったはずだ――がいた。あたしは小さく息を吐き、玄関に向かった。扉を開けて中に入る。一人になったせいだろうか。また気分が沈み込む。自分で思っていた以上にダメージは深かったみたい。

「はぁ〜、憂鬱だわ」

「〜〜♪」

呟いた直後、鼻歌が聞こえた。鼻歌は徐々に近づいてくる。しばらくしてティリア皇女が廊下から飛び出してきた。軽やかな足取りだ。悩み事がなさそうでいいな〜と思いながら見ていると、あたしの方に向かってきた。しまったと思った時にはもう遅い。ティリア皇女はあたしの前で立ち止まった。

「何か用か？」

「別に用って訳じゃないわ」

「その割に恨みがましい目だったか？」

「本当に用って訳じゃないの。ただ、楽しそうだなって……」

「うむ、楽しいぞ。今日は私が夜伽を担当することになったからな」

ティリア皇女は大きさを誇示するかのように胸を張った。夜伽が待ち遠しくて堪らないと言わんばかりの態度だ。あたしはちょっと呆れてしまった。

「お前は楽しくなさそうだな。私でよければ相談に乗るぞ」

う〜ん、とあたしは唸った。ティリア皇女に相談しても正論でぶっ叩かれて余計にダメージを負いそうな気がする。

「お願いできるかしら？」

「うむ、任せろ。だが、ここで相談事というのはな」

「なら、あたしの執務室に行きましょ」

「そうしよう」

ティリア皇女が頷き、あたしは歩き出した。どうして、ティリア皇女に相談しようと思ったのか。多分、どうせ落ち込むならとことんまで落ち込んでやろうみたいな考えが脳裏を過ったからだろう。

※

あたしは自分の執務室に入ると、向かい合うようにイスを並べた。

「どうぞ」

「うむ」

ティリア皇女は鷹揚に頷き、イスに腰を下ろした。

「それで、何に悩んでいるんだ？」

「今日、嫌な女に喧嘩を売って自分の立場を思い知らされたの」

「つまり、返り討ちに遭(う)ったということか」

「返り討ち？　うん、まあ、そうね。返り討ちに遭ったようなもんね。それでクロノ様に助けられて、あたしは馬鹿で、ちっぽけな存在なんだって思ったの」

「それは自分を卑下(ひげ)しすぎじゃないか？」

「でも、そうでしょ？」

「そうか？」

あたしが問い返すと、ティリア皇女は首を傾(かし)げた。納得(なっとく)できないと言わんばかりだ。

「きっと、お前は返り討ちに遭って気が滅入(めい)ってるんだ。私もケイロン伯爵(はくしゃく)に敗北し、ひどく落ち込んだからよく分かる」

「皇女殿下はどうやって立ち直ったの？」

「別の問題で悩んで、それが解決したら自然と立ち直っていた感じだな」

ティリア皇女は腕を組み、首を傾げながら言った。

「参考になりそうにないわ」

「悪かったな、参考にならなくて。だが、立ち直った方法を聞くくらいだ。気が滅入っている自覚はあるみたいだな」

　そうね、とあたしは頷いた。確かに返り討ちに遭って、気が滅入っている。そのせいで物事を悪い方に考えてしまっている。そう言われるとそんな気がする。でも――。

「夜伽の時、クロノ様に高圧的な態度や素っ気ない態度を取られると怖くて、抱かれると安心するの。これは自分の価値を再確認して安心しているからだと思うんだけど……」

「自分の価値云々は分からないが、怖かったり、安心したりするのは普通だ」

「そうかしら？」

「私はクロノに部屋から閉め出された時、怖くて仕方がなかった。拘束されるのも怖い。でも、触れ合っている時は安心する。それは普通のことじゃないのか？」

「拘束されるのは普通じゃないと思うけど……」

「い、今のはなしだ！　忘れろッ！」

　ティリア皇女は慌てふためいたように言った。

「私が思うに怖いと感じるのは今まで頼りにしてきたものが使えないからだと思う。文字通り、身一つで勝負しなければならない。だから、怖いし、安心もする」

　あたしは無言でティリア皇女を見つめた。悩み事がなさそうでいいなと思ったけど、そうじゃなかった。ちゃんと悩んで向き合っている。あたしは何気なく自分の手を見下ろした。奴隷であることに誇りは持てそうにない。けど、本気で仕事に取り組んできた。だから、その点は誇ってもいいと思う。

「その分だと悩みは解消されたみたいだな」

「ええ、少しだけ気分が晴れたわ」

「少しだけか」

「だって、負けた後だもの」

「それもそうだな」

ティリア皇女は優しげな笑みを浮かべた。

※

翌日――あたしが仕事をしていると、ウェスタが入ってきた。ブラウスとスカートを着て、紙の束を胸に抱くように持っている。版画機で刷った許可証だ。足早に歩み寄り、紙の束を机に置く。紙を二枚手に取って見比べる。同じ版を元にしているので当たり前と言えば当たり前だが、文字の大きさ、形がぴたりと一致している。

「エレナちゃん、どうかな？」

「悪くないわね」

許可証を机の上に置き、深々と溜息を吐いた。

「どうかしたの？　ちゃんと確認したんだけど、失敗してた？」

「失敗はしてないわ。綺麗なもんよ。けど……」

「けど？」

「今まで手書きで作っていた許可証がこんな簡単に複製できるなんて嫌になるわ」

ウェスタが可愛らしく小首を傾げ、あたしはうんざりした気分で呟いた。

「私は紙をセットして棒を動かしただけだけど、ドワーフさんは細かな調整をしてたよ」

「でも、一枚一枚手書きすることに比べれば楽でしょ？」

「それはそうだけど……」

ウェスタは不満そうに唇を尖らせた。

「で、実際に使ってみた感想はどうなの？」

「十枚くらいなら手で刷った方が速いと思う」

「そういえば工房のドワーフも同じことを言ってたわね」

運用方法も考えなきゃ駄目か、とあたしは許可証を一枚手に取り、立ち上がった。

「どうしたの？」

「クロノ様の所に行ってくるのよ。ウェスタも行く?」

「わ、私は遠慮したいかな」

ウェスタは困ったような表情を浮かべた。まだ誤解は解けていないようだ。

「はいはい、一人で行ってくるわよ」

「エレナちゃんはすごいね」

「何がよ?」

「昨日、あんな目に遭わされたのに会いに行けるんだもん」

「そりゃ長い付き合いだもの。じゃ、ウェスタは事務室で雑用をこなしてきなさい」

「うん、頑張るね」

あたし達は部屋から出て、ぞれぞれの目的地に向かう。あたしは四階にあるクロノ様の執務室、ウェスタは一階にある事務室だ。

「……マジで運動不足だわ」

あたしは階段を登りながらぼやいた。息を乱しながら三階まで登り、そこでティリア皇女と出くわした。何故か内股気味で歩いている。気付かないふりをした方がよさそうだと思ったんだけど、目が合ってしまった。

「何か用か?」

「いえ、別に……」

あたしは顔を背けた。本当に用事はない。何も言わずに四階に行かせて欲しい。

「楽しかったか聞かないのか？」

「…………楽しかった？」

「クロノは楽しそうだったぞ」

かなり迷った末に尋ねると、ティリア皇女は力なく笑った。

「ふふふ、ま、まさか、猿轡まで噛まされるとはッ！」

ティリア皇女はその場で亀のように丸まって頭を抱えた。おろろ～ん、おろろ～ん、とそんな感じの声が聞こえてきそうだった。

「私が何も言い返せないのをいいことに卑猥な言葉を……。誰が牛だッ！」

ティリア皇女がいきなり叫び、あたしはびくっとしてしまった。どうやら身一つで勝負して無残に敗北してしまったようだ。多分、牛のような胸とか、この駄乳とか、ミルクを出すだけ牛の方がマシみたいなことを言われたんだろう。おろろ～ん、おろろ～ん、と身悶えするティリア皇女を放置してあたしはクロノ様の執務室に向かった。

「入るわよ」

「……どうぞ」

あたしが執務室に入ると、クロノ様は真面目に仕事をしていた。歩み寄り、机の上に許可証を置く。クロノ様は許可証を手に取り、しげしげと眺めた。

「上手く刷れてるね。これなら手書きから切り替えても問題なさそうだ」

「そのことなんだけど……」

「まさか、手書きの方が格調高いなんて言わないよね？」

「言わないわよ！　そもそも、あたしが版画機を使わせてって言い出したんだから」

「じゃ、何が問題なの？」

「版画機が死蔵されてたのと同じ理由よ。ウェスタは調整の手間を考えると十部くらいなら手刷りの方が速いって言ってたわ」

ふ〜ん、とクロノ様は相槌を打ち、思案するように黙り込んだ。程なく口を開く。

「手間かも知れないけど、色々試して運用ノウハウを蓄積していこう」

「そうなるわよね」

「紙ベースで資料を残してね」

「分かったわ」

あたしはクロノ様から紙を受け取り、その場に留まった。不審に思ったのだろう。クロノ様が上目遣いにあたしを見る。

「どうかした？」

「さっき皇女殿下に会ったんだけど……。クロノ様、皇女殿下に恨みでもあるの？」

「軍学校の演習で追いかけ回されたよ」

「なんだ、それくらい――」

「馬でね、馬で。しかも、斜面で」

クロノ様はあたしの言葉を遮って言った。わざわざ馬で追いかけ回されたと言うくらいだからクロノ様は徒歩だったのだろう。馬で追いかけ回される姿を想像すると笑ってしまいそうになるけど、自分の身に置き換えてみると全く笑えない。相談に乗ってもらったからフォローしようと思ってたんだけど、ちょっと無理っぽい。

「何にせよ、元気になってよかったよ」

「話が繋がってないわよ。でも、ありがと」

あたしは礼を言って、クロノ様の執務室から退室した。

※

夜――あたしは夜伽の準備を済ませると自分の部屋に向かった。クロノ様の部屋に行くのはもう少ししてからでいいと考えたからだ。扉を開け、部屋に入る。何歩か歩くといきなり目の前が真っ暗になって何かにぶつかった。あまりに突然の出来事だったので、その場に尻餅をつく。

「痛ッ！」

「あ～、ごめんごめん」

思わず叫ぶと、クロノ様の声が響いた。空間が歪み、クロノ様が姿を現した。

「なんで、あたしの部屋にいるのよ？」

「新しい魔術を身に付けたから実験を兼ねて部屋に隠れていたんだよ」

「説明になってないわよ」

あたしがうんざりした気分で言うと、クロノ様の陰から少女――エリル・サルドメリクが出てきた。

「……物が見えるのは光の反射によるもの。私が開発した魔術――開陽回廊は光を透過させる力場を発生させ、術者の姿を見えなくする」

「魔術について説明しろとは言ってないわよ」

「……生物は反射された光を網膜で捉えることで物体を見ている。だが、光を透過させる力場を発生させているので、術者の網膜は光を捉えない。つまり――」

「姿を隠せるけど、自分も見えなくなるってこと？」

「……そういうこと」

あたしが言葉を遮って言うと、エリルは拗ねたように唇を尖らせながら頷いた。

「……報酬を」

「はい、ありがとう」

「……いつでも利用して欲しい」

クロノ様が金貨を渡すと、エリルは部屋から出て行った。あたしは溜息を吐いた。

「わざわざ迎えに来なくても自分で枕を取りに行ったわよ」

「はい、扉に手を突いて」

「分かったわよ。ったく、せっかちなんだから」

ムードもへったくれもない。あたしはショーツの紐を引いた。ショーツが落ち、ぶるりと身を震わせる。扉に両手を突く。クロノ様があたしの腰を掴む。

「嫌がらないんだ？」

「ウェスタを助けてもらったからお礼よ、お礼」

「お礼って言うならそろそろこっちを使わせて欲しいな」

「…………別にいいわよ」

　クロノ様が自身を擦りつけながら言い、あたしは少しだけ間を置いて答えた。ぴたりと動きが止まる。肩越しに背後を見ると、クロノ様は渋い顔をしていた。

「何よ、その顔は？」

「エレナが嫌がってくれないとつまらないな」

「使わせろって言ったり、つまんないって言ったり、何なのよ」

　ちょっとだけムカッとする。折角、あたしが覚悟を決めたのにつまらないなんて、なんて嫌な男だろう。あたしだって、もっとムードのある時に捧げたいわよ。マジでムカつくわ。その時、トントンという音が響いた。扉を叩く音だ。

「こんな時間に誰かしら？　ちょっと待ってて――ッ！」

　扉から手を放した直後、悪寒が背筋を駆け抜けた。振り返ると、クロノ様が笑みを浮かべていた。一見優しげだが、何か企んでいるに違いない。あたしには分かる。

「少しだけ扉を開けて応対して。ああ、体は扉の陰に隠してね」

「――ッ！　な、何を考えてるのよ？」

　あたしは息を呑み、声を抑えて言った。クロノ様は笑みを浮かべたままだ。

「応対している間、何もしないわよね？」

「ほら、早く応対しないと」

「わ、分かったわよ！」

あたしは深呼吸し、ドアノブに手を伸ばした。誰が来たんだろう。侯爵邸で働くメイドか、それともフェイか。レイラでも、ティリア皇女でもいい。だけど、ウェスタだけは勘弁して欲しい。祈るような気持ちで扉を開け、あたしは絶望した。廊下に立っていたのはネグリジェ姿のウェスタだったのだ。

「……こんな時間にどうしたのよ？」

「うん、寝る前にエレナちゃんと話しておきたくて」

「話って――ッ！」

あたしは息を呑んだ。クロノ様が腰を掴み、擦り付けてきたのだ。

「ど、どうかしたの？」

「な、何でもないわ。それで、どんな話？」

「うん、今日の仕事のことなんだけど……」

「わ、分からないことでもあった？」

「そうじゃなくて……。エレナちゃん、顔が真っ赤だよ？」

「そ、そう？」

「息遣いも荒いし……」

「き、気にしないで」

あたしは何とか言葉を絞り出した。本当はウェスタと話している間もクロノ様がちょっかいを掛けてきているからだけど、そんなこと言える訳がない。もし、バレたら——そう考えるだけで体が熱くなり、えもいわれぬ快感が背筋を這い上がる。次の瞬間、快感が戦慄に変わった。クロノ様が前に当たっている。冷や汗が噴き出す。

え？　まさか、嘘よね？　そりゃ、いいって言ったけど、よりにもよってこのタイミングで？　いや、きっと大丈夫。ああ、でも、でも——、とあたしが混乱の極みにある間もクロノ様は擦り付けている。いや、あてがった。

「エレナちゃん？」

「続けて……」

「うん、今まで働いたことがなかったけど、エレナちゃんのお陰で——」

「おッ！」

下半身を襲う衝撃にあたしは濁った声を上げた。ウェスタがぎょっとあたしを見る。足がガクガクと震え、その場に屈しそうになる。けど、あたしは踏み止まった。同時に胸に安堵感が広がる。使われたのは前じゃなかった。

「え、エレナちゃん!?」

「ご、ごめ——んッ！　体調が、わ、悪くてッ！」

「お、お医者様を！」

「だ、大丈夫だから！　ちょっと気分が落ち着いてきたし」

「ごめんね。体調が悪い時に」

「い、いいのよ。で、できれば用件を手短に言って」

「う、うん、エレナちゃんのお陰で初日を乗り切れたって、お礼を言いたかったの」

「い、いいのよ。友達なんだから」

「エレナちゃん、ありがとう。ぐっすり休んでね」

ウェスタは弱々しく微笑み、自分の部屋に向かって歩き出した。あたしはホッと息を吐き、倒れ込むようにして扉を閉めた。本当はそのまま倒れ込みたかったけど、クロノ様に引き起こされてできなかった。

「ウェスタがいたのに何をするのよ。気付かれなかったからよかったけど……」

「そうかな？」

「き、気付かれなかったわよ」

そう？　とクロノ様は言って、スンスンと鼻を鳴らした。臭いで気付かれたと言いたいのだろうか。けど、ウェスタは——多分、そういうことに疎いはずだ。だから、気付いていないと思う。でも、もし、気付かれていたら——。

「そう思う？」

「気付かれなかったわよ！　絶対に気付かれなかったッ！」

「そうだね。でも、あまり騒がしくするとバレちゃうかも？」

「——ッ！」

あたしは手で口元を覆った。クロノ様の言う通りだ。まだウェスタは部屋に戻っていないかも知れないのだ。声を出しちゃいけない。ウェスタは引っ込み思案で、そういうことに疎い。クロノ様とこんなことをしていると知ったら軽蔑されちゃう。その時、ふと閃くものがあった。もしかして、このためにウェスタの部屋をあたしの部屋の隣にしたのではないかと思ったのだ。

「も——ッ！」

質問を投げかけようとしたけど、できなかった。口を開いた次の瞬間にクロノ様が腰を動かしたからだ。さらに腰を動かす。あたしは耐えるしかない。

その夜、あたしは声を出してはいけないという気持ちとバレてもいいから声を出して官能に身を委ねたいという気持ちの狭間で悶え苦しんだ。

第四章 『教師』

帝国暦四三一年三月下旬帝都アルフィルク第二街区――アーサーは杖を突きながら軍学校の正門に向かう。遠くから声が聞こえる。居残って訓練をしているのだろうか。どんな訓練をしているのか興味が湧いたが、小さく頭を振って歩を進める。正門を通り抜けて振り返る。視線の先には要塞を改築した校舎が聳え立っている。溜息が漏れる。

アーサー――アーサー・ワイズマンは軍学校の教師補だった。教師補の役割は成績不良者に対して補講を行うことだ。補講担当教師などと揶揄されることもあったが、アーサーは真摯に生徒と向き合った。生徒の実力を引き出すためにはまず信頼関係を築かなければならないと考えていたからだ。そうやって教師補として二十五年を過ごした。

もちろん、教師という職業には誇りを持っている。自身の技量と実績に対する自負もあるが、周囲から向けられる視線は冷ややかだった。これにはアーサーが下級貴族出身であることや内乱で右脚を失ったことも影響しているのだろう。

いや、時代が変わったせいもあるか。アーサーは教師であることと同じくらい騎士であることに誇りを持っている。皇帝(こうてい)に忠誠を誓(ちか)い、弱き者を守る。それこそが騎士のあるべき姿だと信じているが、この考え方に拘泥(こうでい)する様は滑稽(こっけい)に映るらしかった。

　自分が正しいと信じたものを否定されることに多少のやるせなさは感じるものの、そのように思われる理由も理解できる。今の帝国(ていこく)において騎士の称号(しょうごう)——士爵位(しゃくい)は軍学校を卒業した証程度の価値しかないのだ。

　アーサーは軍学校に背を向けて歩き出した。もう二度と来ることはない。つい一時間ほど前に校長室に呼び出されて解雇(かいこ)を言い渡されたからだ。自分と他人の評価が噛(か)み合わない。これもまたやるせないことだ。

「さて、これからどうしますかね」

　アーサーは杖を突いて歩きながら小さく呟いた。家庭教師として雇(やと)ってくれる貴族がいればいいのだが、誰を頼ればいいのかとんと思い付かない。

「アーサー！」

　背後から名前を呼ばれ、アーサーは振り返った。すると、ミノタウロスやリザードマンに匹敵(ひってき)する体躯(たいく)の持ち主——タウルが駆け寄ってくる所だった。

「タウル？」

「アーサー、久しぶりだな」

タウルはアーサーの前で立ち止まると野太い笑みを浮かべた。

「どうして、こんな所に？」

「神聖アルゴ王国と講和条約が結ばれたことは知っているだろう？」

「ええ、もちろんです」

「それで配置転換になった。所謂、政治的配慮というヤツだ」

「しかし、国境の警備を緩めるのは問題では？」

「どうせ、すぐに呼び戻される。だから、その前にお前と会っておこうと思ってな」

「それはよかった」

「何がよかったんだ？」

アーサーが胸を撫で下ろすと、タウルは不思議そうに問い掛けてきた。

「今しがた軍学校を解雇されたんですよ。危うく擦れ違いになる所でした」

「何だとッ？」

タウルはキッと軍学校の校舎を睨み付けた。友人が自分のために怒ってくれる。ありがたいことだが、放っておけば校長室に殴り込みかねない。

「タウル、落ち着いて下さい」

「お前は……いや、すまない。お前が我慢しているのだから俺も我慢すべきだな」

「ありがとうございます。では、適当な場所で貴方の相談に乗りましょう」

「――ッ！」

タウルが驚いたように目を見開き、アーサーは苦笑した。彼とは騎士として槍働きをしていた頃からの付き合いだ。悩み事があることくらい分かる。

「だが、いいのか？」

「もちろんです。私も再就職先について相談に乗ってもらいたいので」

「お安いご用だ」

「話す場所は第三街区の喫茶店で構いませんか？」

「ああ、構わん」

「こっちです」

アーサーが歩き出すと、タウルは歩調を合わせて付いてきた。

「そういえばタウルは第二近衛騎士団でもその話し方なのですか？」

「馬鹿を言え。俺、いや、儂とて素を出す時とそうでない時は弁えとる」

ははは、とアーサーは笑った。

「笑うことはないだろう」

「タウルが立派に近衛騎士団の団長をやっていて安心したんですよ」

「お前にそう言ってもらえると安心する」

「では、行きましょう」

アーサーは第二街区を抜け、街区を隔てる大通りに出る。目的の喫茶店は大通りを越えた先だ。布製のひさしが大きく迫り出し、その下にはイスとテーブルがいくつも並んでいる。暖かいせいか、数人の客が外で香茶を飲んでいた。その中に見知った顔があった。彼はカップを置き、こちらを見た。そして――。

「タウルにアーサーじゃねぇか！　一緒に香茶を飲まねぇかッ！」

見知った顔――クロードは声を張り上げ、手招きしてきた。断る理由はない。通りを横切り、クロードのいるテーブル席に座る。

「お久しぶりです」

「久しぶりですな」

「ああ、アーサーはクロノが軍学校を卒業して以来、タウルは舞踏会以来だな」

アーサーとタウルが挨拶をすると、クロードは男臭い笑みを浮かべた。彼と顔を合わせるたびに人間は変わるものだと痛感する。

クロードと出会ったのは三十一年前――皇位を巡る内乱の最中だった。ある時、アーサーとタウルが所属していた部隊はクロード率いる傭兵団に救われた。もっとも、当時はそう思わなかった。今となっては笑い話だが、悪鬼羅刹の類いが現れたのかと思った。それほどクロードは人間離れしていた。

変わったといえばタウルもだ。昔の彼は粗暴な人間だった。怪力と巨躯を活かして幾度となく味方の窮地を救いながらその粗暴さ故に孤立していた。その姿は殺戮者と呼ばれながら人々に慕われるクロードとは対照的だった。そんな彼らと喫茶店で同席している。まったく、これだから世の中は面白い。

そんなことを考えていると、ウェイトレスがやって来た。

「いらっしゃいませ。ご注文はいつも通りブレンドでよろしいですか？」

「ええ、お願いします。タウルもブレンドでいいですか？」

「うむ、儂もそれで」

「ご注文を承りました」

ウェイトレスはぺこりと頭を下げると店内――カウンターへと向かった。

「クロード殿もこちらの店をよく利用されるのですか？」

「いや、今日が初めてだ。そろそろ南辺境に戻るつもりなんだが、マイラのヤツが荷造りの邪魔だから散歩でもしてろってうるさくてよ。ぶちぶち文句を言われるのも癪だから適当にほっつき歩いて、偶々目に付いた店で休んでるって訳だ」

　クロードは拗ねたような口調で言った。

「で、お前らは？」

「私はよく利用しますよ」

「儂は初めてですな。前線勤務が長く、はいからなものとは縁がないものでして」

「いや、そっちじゃねぇよ。なんで、二人して喫茶店に来てるんだ？」

「身内の恥を曝すようで恐縮ですが、息子のガウルが第二近衛騎士団から他所の大隊に異動したいと言い出しましてな。それで、アーサーに相談を……」

「ガウル君がそんなことを……」

　タウルが頭を掻き、アーサーは思わず呟いた。息子がエリートコースからドロップアウトしたいというのだから父親として、エルナト家の当主として頭の痛い問題に違いない。

「本人が決めたんなら別にいいんじゃねぇか？」

「クロード殿、そんな無責任なことを仰っては……」

「けどよ、タウルの息子はいい歳こいた大人だろ。好きにさせりゃいいじゃねぇか」

「それはそうなのですが、自分の力を試したいなどと……」

　タウルは呻くように言った。

「クロード殿ならどうされますかな？」

「俺じゃなくてアーサーに聞けよ。軍学校の先生なんだからいいアイディアを出せるだろ」

「そこを何とか！　同じ父親としてッ！」

タウルが身を乗り出して言い、クロードは頭を掻いた。

「同じ父親と言っても俺の息子は軍学校で落ちこぼれちまったからな」

「う～む、たった千の手勢で神聖アルゴ王国軍一万を撃退し、先の戦争では見事に殿を務めたクロノ殿が落ちこぼれと言われても俄には信じられないものがありますな」

「確かにクロノ君ほど軍学校の成績と戦場での活躍が乖離している生徒は珍しいですね」

「そりゃ、俺とエルアの息子だからな。実戦向きなんだよ」

クロードは満更でもなさそうに言った。やはり、息子が誉められて嬉しいのだろう。

「元々、地頭はよかったですし、ガッツもありましたからね。五年、十年と研鑽を積み重ねればいつか花開くと思っていましたが……」

「おいおい、それは誉めすぎだろ」

クロードは軽く肩を竦め、メニューを手に取った。

「菓子食うか、菓子？」

「いえ、お構いなく」

クロードの親馬鹿ぶりにアーサーは苦笑した。そこにウェイトレスがやってきた。

「お待たせしました。ブレンドになります」

「ありがとうございます」

「かたじけない」

ウェイトレスはカップを置くと別の客のもとに向かった。

「ああ、それで、タウルの息子のことなんだけどよ。やっぱり、好きにさせるしかないと思うぜ。押さえ付けても拗れちまうだろうしよ」

「そうかも知れませんが、近衛騎士団からの異動となれば大隊長か副官に任命される可能性が高い。部下の命運を左右する立場になるのです。儂はガウルが取り返しのつかない失敗をするのではないかと心配で……」

タウルは呻くように言った。

「心配しすぎだって。お前の息子が失敗をするとは限らねぇし、それに今から異動を申請したって、そうそう受理されねぇよ。お前だって親戚との関係を拗らせてまで領地の大隊長を交替させようと思わねぇだろ？」

「……それは、まあ、そうですな」

タウルはやや間を置いて頷いた。大隊長には領主の近親者を任命することが慣習となっている。領主が軍務局に要請すれば大隊長の変更は可能だが、上手く根回ししなければ親戚関係は悪化する。

「可能性があるとすりゃ俺達の所――南辺境だが、今のタイミングで異動はねぇだろ」

「クロード殿、その際は何卒お力添えを……」

「毎度のことだから構わねぇけどよ。アレオス山地の蛮族は健在だわ、いつまで経っても身内が大隊長として派遣されてこねぇわで、こっちも不満が溜まってるからよ。あんま馬鹿な真似をすると庇いきれねぇぜ」

「ガウルにはくれぐれも短慮を起こさぬようにと言い聞かせておきます」

「よろしく頼むぜ」

「必ずや」

タウルは居住まいを正し、深々と頭を下げた。

「それで、アーサーは？」

「実は軍学校を解雇されまして」

「仕事の希望はあるか？」

「教師を続けたいと考えていますが……」

「なら俺の息子の所で働くのはどうだ？　詳しい話は言えねぇが、俺の息子はでけぇことをしようとしててよ。そのために学のある部下が必要になると俺は考えてる。アーサーさえよけりゃ一筆書くぜ？」

「ありがたい話ですが、勝手に決めてしまってクロノ君の迷惑にならないでしょうか？」

「恩師に頼られて迷惑だと思うようなヤツじゃねぇよ。で、どうする？」

アーサーは黙り込んだ。迷惑を掛けたくないという思いが返事を躊躇わせる。その時、背後からガラガラという音が響いた。車輪の音だ。振り返ると、箱馬車が通り過ぎる所だった。突然、箱馬車がスピードを落とす。何か起きたのだろうか。訝しがっている間にも箱馬車はスピードを落とし、やがて完全に止まった。

扉が開き、男が下りてきた。近衛騎士の証である白い軍服を着た男だ。男の顔には見覚えがあった。第十二近衛騎士団の団長ベティル・ピスケだ。ベティルは扉を閉めるとこちらに近づいてきた。タウルの姿を発見し、挨拶に来たという所か。律儀な男だ。体調が悪いのか足下がふらついている。

タウルは立ち上がり、ベティルに向き直った。やや崩れた敬礼をすると、ベティルは立ち止まって返礼した。

「ベティル殿、お気遣い痛み入る」

「いえ、偶然見かけたものですから挨拶をと思いまして」

タウルが敬礼を解くと、ベティルもそれに続いた。

「そちらのお二方は？」

「これは申し訳ない。こちらは友人で軍学校の教師アーサー・ワイズマン、こちらはクロノ殿の御尊父様――クロード・クロフォード男爵です」

タウルが手の平でアーサーとクロードを指し示して紹介する。すると、ベティルはクロードを見つめ、驚いたように目を見開いた。

「貴方がクロノ殿の？」

「ああ、親父だ」

「ご子息には大変お世話になりました」

ベティルが深々と頭を垂れると、クロードは気まずそうに頭を掻いた。

「息子はアンタに世話になったって言ってたし、それ以前に俺に頭を下げられてもな。まあ、悪いと思ってるんなら香茶に付き合ってくれ。それで俺の分はチャラだ」

「……そういうことならば」

用事があるのか。ベティルは箱馬車を見たが、クロードの言葉に従って席に着いた。やや遅れてタウルも席に着く。

「姉ちゃん、ブレンドを一つ頼む！」

「ご注文承りました！」

クロードが叫ぶと、店内から声が返ってきた。ベティルは目を閉じ、指で瞼の上からマッサージした。顔色も悪い。疲れているのだろうか。

「大分、お疲れのようですな」

「団員補充とクロノ殿の領地に兵士を送る手筈を整えるのに手間取りまして……」

「ブレンドになります」

ウェイトレスがカップを置いて立ち去る。ベティルはカップを口元に運び、香茶を口に含む。ホッと息を吐き、カップをテーブルに置く。

「なんで、お前が俺の息子の面倒を見てるんだ？」

「乗りかかった船というヤツです。五百五十人分の異動手続きがこれほど大変だと分かっていればもう少し躊躇いましたが……」

ベティルが苦笑し、タウルが思い出したように口を開く。

「そういえばベティル殿はブラッド殿の妹君を副官にしたと聞きましたが……。ブラッド殿の妹君に手伝ってもらわなかったのですかな？」

「使えなかったんじゃねぇの？」

「いえ、そのようなことは……」

ベティルは言葉を濁した。

「なら何でだ？」

「彼女は、その、事務手続きが不得手なようでして……」

クロードが身を乗り出して言うと、ベティルは顔を背け、ごにょごにょと呟いた。

「使えなかったんじゃねぇか」

「いやいや、使えないということは……」

ベティルはやはり顔を背けながら言った。ブラッド——ブラッド・ハマルは第五近衛騎士団の団長にして名門貴族ハマル家の嫡男だ。陰口は自分が思っているよりも遠くに届くものだ。流石にその妹を使えないとは言えなかったのだろう。

「けど、そんなんで保つのか？」

「人材交流の名目で財務局から人員を派遣してもらいましたので……」

「いや、これからのことだよ」

「………彼女は栄転することになりました」

ベティルは顔を背けたままぼそっと呟いた。

「栄転？　左遷だろ？」

「いえいえ、栄転ですとも。そもそも彼女の副官という地位は野戦昇進させたもの。団員が補充されれば平団員に戻るものなのです。一般大隊とはいえ副官になれるのですから昇進です、昇進」

「分かった分かった。そんなに必死にならなくていいって」

ベティルが捲し立てるように言うと、クロードは溜息交じりに応じた。ああ、とベティルは声を上げ、アーサーを見た。

「そういえばアーサー殿は軍学校の教師だとか？」

「つい一時間前までの話です。今はしがない無職ですよ」

「ああ、それは……」

「お気になさらず。何かご質問ですか？」

「サイモン・アーデンという警備兵をご存じですかな？」

「ええ、存じております。彼が何か？」

「彼に関する情報を知っておきたいと思いまして。どんな生徒でしたか？」

「……座学は不得手でしたが、白兵戦に関わる科目を得手としていました。ただ格上を相手にしたり、戦いが長引いたりすると勝負を焦る所がありましたね」

悩んだ末、アーサーはありのままの評価を口にした。ベティルの真意は分からないが、評価を盛ると不利になると感じたのだ。

「入団試験で見た印象と異なりますな」

「とおっしゃると？」

「試験の一環で試合を行ったのですが、格上相手に粘り勝ちをしたので興味を持ったのです。そうですか。一年も経たずに……」

ベティルは押し黙り、ハッとしたようにアーサーを見た。

「これは失礼いたしました」

「いえ、構いませんよ」

アーサーは微笑んだ。意外な所で教え子の成長を知ることができたのだ。感謝こそすれ失礼などと思う訳がない。その時、クロードが口を開いた。

「悪ぃ。質問なんだが……」

「何ですかな？」

「息子の所に兵士を送るのはいつ頃になる？」

「明明後日に帝都を出発し、四月上旬にエラキス侯爵領に到着する予定です」

「そこに一人紛れ込ませることは可能か？」

「……不可能ではありませんな」

「だってよ？　どうする？」

そう言って、クロードはニヤリと笑った。

※

帝国暦四三一年四月 上旬──カーン、カーンという音が聞こえる。何の音だろう。アーサーが内心首を傾げていると、幌馬車がスピードを落とした。ハシェルの城門を潜ったのは少し前のことだ。いよいよ侯爵邸に辿り着いたのだろうか。幌馬車の後部から外を見ると、門柱と高い塀が見えた。

「侯爵邸に着いたぞ！　スピードを落とすから飛び降りてくれッ！　この幌馬車が最後尾だから後続に轢かれる心配はねぇッ！」

御者を務める兵士が叫び、アーサーは右脚を見つめた。荷物もある。飛び降りるだけならともかく着地は難しいだろう。そんなことを考えていると、同席していた獣人達が次々と飛び降りた。覚悟を決めなければならないようだ。鞄に手を伸ばすと、リザードマンの手が触れた。リザードマンは鞄を持ち上げ、アーサーを見つめた。チロチロと舌を出し入れさせている。

「手伝ってくれるのですか？」

リザードマンはアーサーを見つめ、しばらくしてからこくこくと頷いた。さらにアーサーを脇に抱え、幌馬車から飛び出した。強烈な衝撃が全身を貫く。リザードマンが着地したのだ。歳を取ったせいか内臓が軋むように痛んだ。リザードマンは庭園の隅に移動すると、そっとアーサーと荷物を地面に下ろした。

「ありがとうございました」

アーサーが頭を下げると、リザードマンもぺこりと頭を下げた。

「皆さん、注目であります！」

陽気な声が響く。声のした方を見ると、白い軍服を着た女性がいた。その左右には二人ずつ立て札を持った男が立っていた。

「これから兵舎に移動するであります！　しっかり付いてきてほしいでありますッ！　サッブさん、アルバさん、グラブさん、ゲイナーさん、行くであります！」

白い軍服を着た女性が意気揚々と歩き出すと四人の男、さらに兵士達がぞろぞろと後に続いた。リザードマンはアーサーに敬礼すると踵を返して走り出した。兵士達がいなくなった侯爵邸の庭園を見回す。庭園の隅――四つある塔の一つではドワーフ達が働いていた。中央付近にある建物には誰もいない。

他に三人のエルフがいた。三人とも女性だ。一人は銀髪で褐色の肌のエルフ、残る二人は――双子のようだ。片側で髪を結っている。

「兵士も補充されて、さらば超過(ちょうか)労働の日々みたいな！」

「さらなる超過労働の日々の始まりかも知れないみたいな」

「うぉぉぉ、なんて不吉(ふきつ)なことをみたいな！」

「何にせよ、即戦力(そくせんりょく)にならないと思った方が――ナイスミドル発見みたいな！」

　エルフの双子が駆け寄ってきた。

「ここは侯爵邸みたいな」

「ご用のない方は敷地(しきち)から出て欲(ほ)しいし」

「いえ、私はこの館(やかた)の主に用がありまして」

　ほぅほぅ、とエルフの双子は頷いた。

「押し売りはお断りみたいな」

「押し売りではなく……。申(もう)し遅れました。私はアーサー・ワイズマンと申します」

「これはこれはご丁寧(ていねい)にありがとうございますみたいな。あたしはアリデッドだし」

「あたしはデネブみたいな」

　エルフの双子――アリデッドとデネブはぺこりと頭を下げた。

「それはそれとして押し売りはお断りみたいな」

「いえ、押し売りではなく……」

　これでは堂々巡りだ。一体、どうすればいいのだろう。途方に暮れていると、銀髪・褐色の肌のエルフ、いや、ハーフエルフが近づいてきた。アリデッド、デネブの背後で立ち止まり、深々と溜息を吐く。

「……替わります」

「レイラに溜息を吐かれたみたいな！」

「でも、お願いしますみたいな！　この芸風じゃこれが限界かもみたいなッ！」

　銀髪・褐色の肌のハーフエルフ——レイラがずいっと歩み出る。

「アリデッドとデネブが失礼いたしました。私はレイラと申します。本日はどのようなご用件で侯爵邸にいらっしゃったのですか？」

「私は教師補として帝都の軍学校に勤めていたのですが、先日解雇されたのです。そこで知り合いに相談した所、こちらを紹介されたのです」

「失礼ですが、どなたから？」

「クロード・クロフォード男爵です。ああ、少々お待ち下さい」

　アーサーは跪き、鞄の中から書簡——筒状に丸められた羊皮紙を取り出した。クロードに書いてもらった紹介状だ。

「これをご覧に入れれば分かって頂けるかと……」

「そうですか」

紹介状を差し出すが、レイラは思案するように手で口元を覆っている。程なく――。

「クロノ様はカド伯爵領の視察で留守にしています。ですので……」

「確かに紹介状を勝手に開く訳にはいきませんね。では、明日出直してきます」

「そう仰って頂けると――」

「レイラ、クロノ様のお客様を追い返すのは問題かなと思ったり」

「クロノ様の面子を潰すことになるかもみたいな」

アリデッドとデネブがレイラの言葉を遮った。

「ですが、身元の確認ができない方を侯爵邸に泊める訳には……」

「ああ、そういえば他にも預かっているものが……」

アーサーは書簡を鞄に入れ、三通の手紙を取り出した。封筒に入った手紙だ。クロードから預かった手紙だが、流麗な筆致でレイラ、アリデッド、デネブと書かれている。

「貴方達にです」

「私達に？」

三通の手紙を差し出す。レイラは手紙を受け取り――。

「アリデッド、デネブ、手紙です」

「手紙をもらうなんて初めてみたいな！」

「嫌な予感がするし」

レイラは二人に手紙を渡し、封を開けた。中から丁寧に折り畳まれた便箋を取り出して目を通す。みるみる表情が曇っていき、読み終わる頃には苦虫を噛み潰したような顔になっていた。アリデッドとデネブは――一方の表情は変わっていないが、もう一方の表情はレイラと同じく曇っている。レイラは便箋を封筒に入れ、ポーチにしまった。

「……どうやら、この方はクロノ様の恩師で、大旦那様のご友人のようです」

「「そうですねみたいな」」

レイラの言葉にアリデッドとデネブは頷いた。何と書かれていたのか気になったが、詮索はしない方がいいだろう。好奇心は猫を殺すのだ。

「メイド長のアリッサ様を呼んできますので、少々お待ち下さい」

「「いってらっしゃいみたいな！」」

アリデッドとデネブが手を振ると、レイラは背を向けて歩き出した。途中で足を止め、深い溜息を吐く。アリデッドとデネブがぎょっと振り返るが、その頃にはレイラは再び歩き始めている。

「そこはかとない塩対応が心に沁みるみたいな」

「サボろうとしていたあたしらにも原因の一端はありみたいな」

「それはそれ、これはこれみたいな」

「便利な言葉だし。ところで、軍学校に勤めてたそうだけど、クロノ様にも？」

「ええ、教えていました」

デネブの質問にアーサーは答えた。

「ほぅほぅ、クロノ様はどんな生徒だったみたいな？」

「……真面目で、素直ないい子でしたよ」

アーサーは当たり障りのない評価を口にした。

「貴方達から見て、クロノ君はどうですか？」

「『クロノ君？』」

「失礼しました。まだ教師だった頃の癖が抜けていなくて。いけませんね」

アリデッドとデネブが鸚鵡返しに呟き、アーサーは慌てて言い繕った。

「ふふふ、黙っていて欲しければ――ぎゃッ！」

アリデッドは短い悲鳴を上げた。デネブの貫手が脇腹に突き刺さったのだ。

「いきなり何をするかなみたいな！」

「お姉ちゃん、調子に乗るとお仕置きが待ってるし」

「ベッドの上のお仕置きなら大歓迎みたいな」

「きっと、地下室に閉じ込められる系のお仕置きだし」

「ふふふ、地下室で拘束され——」

「一日おきに『反省した？』って確認しに来て、なんだかんだ一週間コースだし」

「まあ、三食昼寝付きの生活だと思えば——」

「クロノ様のことだから一日二食、メニューは硬パンと水みたいな」

「つ、辛いし！　一日二食だけならともかく、硬パン、水オンリーは拷問だし！」

アリデッドは両手で顔を覆った。手を下ろし、ポケットから財布を取り出す。さらに真鍮貨を取り出し、邪悪な笑みを浮かべた。

「わ、賄賂みたいな」

「お姉ちゃん、せめて銀貨を出そうよ」

アリデッドが真鍮貨を差し出し、デネブは深々と溜息を吐いた。

「大丈夫です。クロノく、いえ、クロノ殿には告げ口しませんから」

「わーい、アーサー先生大好きみたいな！」

「超現金だし」

アリデッドが真鍮貨をしまって叫び、デネブは再び溜息を吐いた。

「で、でも、嘘を吐いたら地獄行きみたいな」

「騎士の名誉に誓って告げ口はしません」

アーサーが胸に手を当てて宣誓したその時、侯爵邸の扉が開いた。出てきたのはレイラとメイド服を着た女性だ。この女性がアリッサだろう。二人が足早に近づいてくる。

「大変お待たせしました」

「お初にお目に掛かります。メイド長を務めておりますアリッサと申します」

「これはこれはご丁寧に。私はアーサー・ワイズマンと申します」

レイラとアリッサが頭を下げ、アーサーも頭を下げた。

「では、客室にご案内します。お荷物を……」

「いえ、自分で持ちます」

「お気遣い痛み入ります」

アリッサが恭しく一礼する。すると――。

「私達は仕事に戻ります」

「お仕事、頑張って下さいね」

「ありがとうございます」

アーサーが声を掛けると、レイラは会釈して歩き出した。アリデッドとデネブも渋々という感じで後に付いていく。アリッサが歩き出し、アーサーはその後を追う。玄関の扉を潜ると、そこはエントランスホールだった。アリッサに先導されて侯爵邸内を進み、三階に辿り着いたその時、廊下の陰から女性が姿を現した。その人物とは——。

「——ッ！　皇女殿下ッ！」

アーサーは息を呑み、その場で片膝を突いた。臣下の礼だ。大声を出してしまったせいだろうか。ティリア皇女は驚いたように後退り、アリッサも立ち止まっている。

「お前は誰だ？」

「はッ、軍学校で教師補を務めておりましたアーサー・ワイズマンと申します」

「ワイズマン？　確かクロノの恩師だったな」

「左様にございます」

ティリア皇女が鸚鵡返しに呟き、アーサーは頭を垂れた。

「皇帝陛下が崩御され、体調が思わしくないと伺っておりましたが、何故、エラキス侯爵領にいらっしゃるのですか？」

「何故と言われてもな」

「……皇女殿下は皇位継承権を奪われ、エラキス侯爵領に流された」

ティリア皇女が気まずそうに頬を掻くと、廊下の陰にいた少女がぽつりと呟いた。

「エリル・サルドメリク子爵？」

「……私のことを知っている？」

「これでも軍学校の教師補でしたので」

少女——サルドメリク子爵が驚いたように目を見開く。だが、軍関係者で彼女のことを知らない人間はむしろ少数派だ。彼女は平民出身でありながら宮廷貴族サルドメリク子爵に養子として迎えられ、多数の魔術を開発した。さらに軍隊経験がないにもかかわらず、第十一近衛騎士団の団長に就任している。

「何故、サルドメリク子爵まで？」

「……私は皇女殿下の監視役」

「監視役⁉　近衛騎士団の団長がですか？」

サルドメリク子爵がぼそっと呟き、アーサーは目を見開いた。いやしくも近衛騎士団の団長がティリア皇女——次期女帝を監視するなどあってはならないことだ。これも時代の変化によってもたらされたものなのだろうか。だとしたら残念でならない。

アーサーが唇を噛み締めると、ティリア皇女が片膝を突いた。

「皇女殿下⁉　お召し物が汚れてしまいます！」

「構わん」

ティリア皇女は目を伏せ、すぐに顔を上げた。

「騎士アーサー、お前が憤ってくれたことは嬉しい。だが、皇位継承権を失ったのも、信を得られなかったのも私の傲慢さ故だと思っている」

「そのようなことは……」

「傲慢でなければ怠惰だ。それほどの傷を負いながら忠誠を誓ってくれるお前に対して私がまずしたことは名を問うことだ。顔さえ知らなかった」

「私は軍学校の教師補でした。皇女殿下とは接点がなかったのです。私の顔を知らぬのも無理なきことかと存じます」

「それは違う。私はクロノからお前のことを聞いていた。多少の興味も持っていた。にもかかわらず会おうとしなかった。これは怠惰だ。私には人の上に立つ資格がなかった」

だが、とティリア皇女は続けた。

「それでも、皇女としての発言を許してもらえるのならば……。騎士アーサー、お前の献身と忠誠を心から嬉しく思う」

「もったいなきお言葉です」

アーサーは俯き、肩を震わせて泣いた。その一言で全てが報われたような気がした。

※

翌日——風が吹いている。暖かく、穏やかな風だ。アーサーは荷馬車の荷台に座りながらその心地よさに目を細めた。ふと荷台の後部に座っていたティリア皇女と目が合い、座したまま頭を下げる。

「荷馬車を出して下さったばかりか同行までして頂き、ありがとうございます」

「当然のことをしたまでだ。気にするな」

「ですが——」

「……本当に気にする必要はない。皇女殿下はエラキス侯爵に会いたいだけ」

アーサーが口を開くと、サルドメリク子爵がぼそっと呟いた。ぐぬッ、とティリア皇女が呻くが、サルドメリク子爵は気にする素振りも見せずに本を読んでいる。

「知ったような口を利くものだな」

「……私は皇女殿下の監視役。だから、皇女殿下のことをよく知っている」

「ふん、私の何を知っていると言うんだ」

「……私は皇女殿下が街をほっつき歩いていることを知っている。晴れの日は剣術の修業に励み、雨の日は本を読んでいる。夜伽を決める話し合いでは——」

「少々よろしいですか」

アーサーは思わず口を挟んだ。ティリア皇女が夜伽？　誰と？　いや、考えるまでもない。侯爵邸には軍学校時代から仲のよい人物がいるではないか。相手は――。

「……想像通り、相手はエラキス侯爵」

「なんと――ッ！」

思わずティリア皇女を見る。すると、彼女は恥ずかしそうに頬を朱に染め、アーサーから顔を背けた。まさか、クロノと男女の関係になっているとは――。

「……皇女殿下は五日目にエラキス侯爵を襲った」

「襲った？　皇女殿下がクロノ君を？」

「……俄には信じられないかも知れない。だが、紛れもない事実」

皇女殿下は荷台の片隅で膝を抱えている。思う所があるのだろう。耳まで真っ赤だ。

「……話を元に戻す。夜伽を決める話し合いで一喜一憂し、自分が夜伽を担当する日は朝からそわそわしている。皇女殿下はとても残念な人」

「誰が残念だ！　惚れた男と愛し合って何が悪いッ！」

「……悪いとは言っていない。とても残念な人と言った」

ティリア皇女が堪らず叫ぶが、サルドメリク子爵は何処吹く風だ。

「……驚いた？」

「ええ、驚きました」

　アーサーは荷台の隅に視線を向けた。ティリア皇女は拗ねたように唇を尖らせ、膝を抱えている。軍学校時代には見られなかった姿だ。それを考えるとティリア皇女はいい方向に変化しているのではないかという気がする。

　ガクンと荷馬車が揺れる。スピードを落としたのだ。徐々にスピードが落ち、やがて完全に止まる。荷馬車が止まったのは原生林の近くにある集落だった。

「着いたぞ」

　ティリア皇女が立ち上がり、荷馬車から飛び降りる。やや遅れてサルドメリク子爵が本を袋に収めて立ち上がる。だが、ティリア皇女のように飛び降りはしない。荷台の縁に行くと、その場に座り、地面に降りた。

　アーサーは立ち上がり、鞄を担いだ。荷台の縁に行くと、ティリア皇女が手を差し伸べてきた。少し悩んだ末に手を取り、サルドメリク子爵がそうしたように地面に降りる。

「ありがとうございます」

「礼を言われるほどのことではない」

　ティリア皇女は手を放すと海に向かって歩き出した。アーサーはサルドメリク子爵と共に後を追った。磯臭い風が吹き寄せ、顔を顰める。コーン、コーンという音が響く。何の音か考えていると、ティリア皇女が立ち止まった。

「崖になっているから危ないが、ここからなら一望できる」

「……そのようですね」

アーサーは海岸の様子を眺めた。海岸では百人ほどの亜人——ミノタウロスとリザードマンが目に付くが、ドワーフの姿も散見される——が工事を行っていた。リザードマンが数人がかりで木を運び、ドワーフがそれを削って木の杭に仕立てる。やや小柄なミノタウロスが木の杭を水際まで運ぶ。

コーン、コーンという音が響く。海を見ると、海岸から十数メートル離れた場所に足場が浮かんでいた。シルエットは双胴船に近い。といっても双胴船そのものではない。側面に浮子を設置して安定性を高めた二隻の舟、その前後に板を渡したものだ。

足場の上には四人のミノタウロスがいた。一人が木の杭を支え、一人が大槌を振るって木の杭を海底に打ち込んでいる。コーン、コーンという音は木の杭を海底に打ち込む音だったようだ。ちなみに残る二人は脚立に寄りかかり、暇そうにしている。

不意に音が止まる。どうやら木の杭を打ち込み終えたようだ。新たな木の杭が小舟に引かれて運ばれていく。小舟に乗っているのは人間だ。恐らく、漁村の人間を雇ったのだろう。小舟と木の杭が足場に到着する。四人のミノタウロスが木の杭を足場に引き上げ、舟を繋ぐ板の間に通す。木の杭は海面から五メートル以上も突き出している。ここからどうするつもりなのか。疑問はすぐに晴れた。

一人が木の杭を、二人が脚立を支える。最後の一人が大槌を担いで脚立を登り、天板を跨ぐようにして座る。大槌を振り下ろすと、コーンという音が響いた。さらにコーン、コーンという音が続く。周囲を見回すと、同じような足場が二つあった。さらに別の場所ではミノタウロスが海に岩を投げ込んでいた。

「クロノは……。あそこか」

そう言って、ティリア皇女は歩き出した。崖沿いを進み、階段で海岸に下りる。しばらくして家の骨組みらしきものが見えてきた。その前に立つクロノとドワーフの姿もだ。

「クロノ！」

「ティリア、それにワイズマン先生も……」

ティリア皇女が叫ぶ。すると、クロノはこちらを見て、驚いたように目を見開いた。困惑しているかのような表情を浮かべ、近づいてくる。そこでアーサーはクロノの右目を縦断するように傷が走っていることに気付いた。胸が苦しくなる。

「久しぶりですね。クロノ、殿」

「クロノ君でいいですよ。それにしても、どうして先生がここに？」

「恥ずかしい話ですが、軍学校を解雇されてしまったんです。それで、クロノ君の所で雇ってもらえないかと……」

「大歓げ……。いえ、すみません」

クロノは嬉しそうな表情を浮かべた。だが、一瞬だけだ。解雇されたことを喜ぶべきではないと考えたのだろう。黙り込み、表情を取り繕う。

「構いませんよ」

「すみません。でも、先生が来て下さって嬉しいです」

「私もクロノ君と再会できて嬉しいですよ」

アーサーは微笑み、クロノを見つめた。

「苦労したみたいですね」

「ええ、でも、先生のお陰で生き延びられました」

クロノは右目の傷を撫で、はにかむような笑みを浮かべた。

「ああ、そういえばクロード殿から書簡を預かっているのですが……」

アーサーは鞄から紹介状を取り出してクロノに差し出した。彼は紹介状を受け取るとすぐに封を解いた。一、二秒して苦笑する。

「父さんらしいや」

「何が書いてあったんですか？」

「『雇え』の一言です」

「確かにクロード殿らしいですね」

思わずアーサーは笑った。長々と文章を書くよりその方がずっとクロードらしい。

「どう、でしょう？　雇って頂けますか？」

「もちろんです。待遇面なんですが……」

「軍学校では月給として金貨二枚と銀貨十枚を頂いていたので同額頂ければ……」

「では、月給金貨三枚を最低条件として契約内容を煮詰めるのはどうでしょう？」

「それでお願いします」

クロノはホッと息を吐いた。気持ちはよく分かる。金は大事だ。だが、知り合いと金の話をするのは思っている以上に消耗するものだ。

「とりあえず、採用してもらえるようで安心しました」

「授業はいつから始められますか？」

「授業の内容にも拠りますが、一週間は準備期間が欲しい所です。カリキュラムを組むに当たって誰に、何を教えればいいのか教えてもらえればと思うのですが……」

「そうですね」

　クロノは思案するように腕（うで）を組み――。

「先生には副官と百人隊長への教育をお願いしたいと考えています。今は黄土神殿（おうどしんでん）の神官（しんかん）さんに読み書きや算術を教えてもらっているのですが、本職が忙（いそが）しいみたいで……」

「最低限の教養を身に付けさせればいいのですか？　それとも……」

「将来的には領地経営に携（たずさ）わって欲しいと考えています。ただ、これから積極的に戦功を積みたいとも考えているので士官としての教育も平行して行って頂ければと思います」

「……なるほど」

「難しいですか？」

　アーサーが間を置いて頷（うなず）くと、クロノは心配そうに問い掛けてきた。

「士官教育であれば問題なくこなせると思います。ですが、領地経営について私は門外漢なので別の方に任せるべきだと思います」

「ああ、そうですよね」

「ひとまず士官として育成し、あとは本人の希望と適性に合わせて進路を考えましょう。他に要望はありませんか？」

「あとは……」

クロノは口籠もった。悩んでいるのだろう。目が忙しく動く。

「将来の話なんですが、全領民に最低限の教養を身に付けさせたいと考えています」

「なかなか大きな夢ですね」

「士官教育とは別にそちらでも知恵を借りられればと思います」

「分かりました。微力ながら力を尽くします」

「ありがとうございます」

クロノがはにかむような笑みを浮かべ、アーサーも笑った。かつての生徒が人を育てることを考えている。それが嬉しい。その時、ティリア皇女が口を開いた。

「クロノ、これは何だ？」

「ああ、それは私も聞きたいと思っていました」

アーサーは改めて家の骨組みらしきものを見つめた。よくよく見ればそれは家の骨組みではなかった。だが、それが何なのかと言われると答えに窮してしまう。まず土台だと思っていたのはコンクリートで作られた貯水槽だった。その上には木を組んで作った立方体が据え付けられ、内側には藁束を結びつけた格子がいくつも並んでいる。さらに両サイドには階段があった。

「これは――」

「試作塩田第二号だッ！」

いつの間に来ていたのかドワーフがクロノの言葉を遮って言った。

「シルバ、お前やつれたんじゃないか？」

「いや、俺は元気だ」

ティリア皇女が尋ねるが、ドワーフ――シルバは微妙に噛み合わない答えを返した。

そして、笑う。その笑みは消耗しきった兵士が浮かべるそれによく似ていた。

「試作塩田第一号を作った後、俺は効率の悪さに悩み苦しんだ。クロノ様から立体というヒントをもらったが、どうすれば立体的な塩田を作れるのか分からなかったからだ。俺は悩んだ。悩んで、悩んで、悩み抜いた。その時！　その時だッ！　俺の視界に屋根に使う藁束が飛び込んできた！　それを見て、俺はこの立体塩田の着想を得たッ！」

突然、シルバは家の骨組みのようなもの――立体塩田に向かって駆け出した。貯水槽から水の入った桶――塩田と言っていたので恐らく海水だろう――を引っ張り上げると階段を駆け上がり、立体塩田に海水を掛けた。ポタ、ポタと藁から海水が滴り落ちる。

「海水は！　藁を伝って滴り落ちるッ！　海風が水分を蒸発させ、海水は濃度を増して下の貯水槽にぃいぃ！　溜まる！　これを繰り返して、繰り返して、作られた濃い海水を煮詰めれば、効率的に、効率的に、製塩できるんだ！　これがシルバ式立体塩田だッ！」

　キハーッ！　とシルバは階段の天辺で奇声を上げた。

「残念なことになったな。歴史に名が残ると思えば本望かも知れんが……」

「単なる寝不足だから寝れば元に戻ると思うよ」

「さらなる改良を図り、各漁村にシルバ式立体塩田を設置！　ゆくゆくはカド伯爵領を塩の一大生産地に！　一大生産地にッ！」

「シルバ！」

　海岸から女性の声が響く。シルバは声のした方を見つめ——。

「今行くぞッ！」

　階段を駆け下り、海岸に向かって走った。

「もう眠れないんじゃないか？」

「何とかして眠らせるよ」

　クロノは深々と溜息を吐いた。

第五章『士官教育』

帝国暦（ていこくれき）四三一年四月下旬（げじゅん）——アーサーは廊下を進み、教室の前で立ち止まった。中から声が聞こえてくる。こういう所は軍学校の生徒と変わらないようだ。扉（とびら）を開けると、声がぴたりと止（や）んだ。教室には長机が二列五段で並んでいる。

「先生、遅（おそ）いし」

「待ちくたびれたみたいな」

「お待たせして申し訳ありません」

窓側最後尾の席に座っていたアリデッドとデネブがぼやくように言い、アーサーは謝罪して教卓（きょうたく）に歩み寄った。手にしていた本を置き、教室を見回す。教室にはアリデッドとデネブの他に六人の男女がいた。ミノ、レイラ、シロ、ハイイロ、ケイン、フェイの六人だ。この八人が士官教育の対象となる。

他に三名の対象者がいるが、二人——タイガとナスルは百人隊長に昇進（しょうしん）するのが遅かったこともあり予備教育を受けている最中、ゴルディは技術開発でクロノを支えたいということで辞退となった。

「顔色が優れやせんが、大丈夫ですかい？」

「そうですか？　自分では大丈夫なつもりなのですが……」

廊下側の最後尾の席に座っていたミノに指摘され、アーサーは頬に触れた。

「授業を減らした方がよろしいのではないでしょうか？」

「自分で言い出したことですからそうもいきません」

窓際の最前列に座っていたレイラに答える。アーサーは士官教育と予備教育の他にも授業を行っている。神聖アルゴ王国軍がエラキス侯爵領に侵攻してきた頃からクロノに付き従う古参兵——五百人強の授業だ。

切っ掛けは一人の獣人だった。ある日、一人の獣人が木の陰からもの言いたげにアーサーを見ていた。何事かと話を聞いてみると、教養を身に付けたいとのことだった。以前から教養を身に付けたいと考えていたのだが、クロノや黄土神殿の神官に相談するのは気が引けたのだと言う。断ることもできたが、キュ～ンと力なく尻尾を垂れる彼の姿に罪悪感を刺激された。そこでクロノに相談した所、あっさりと許可が出た。そのことを伝えると、彼は友達もいいかと尋ねてきた。

アーサーは快諾した。もちろん、それが間違いだったとは思わない。だが、浅慮だったと思う。しかし、友達が友達を呼び、五百人強まで膨れ上がるなど誰が考えるだろう。この段階でも断ることはできたが、嬉しそうにアーサーを先生と呼ぶ彼らを見ていたら何も言えなくなってしまった。

その後、方々に頭を下げて授業の準備を整えた。兵士として働いている彼らが勉強できるのは非番の日だけなので、前日に夜勤を担当していた者でも授業を受けられるように午前と午後に授業を行うことにした。彼らから見れば週に一度、半日のみの授業である。

次に事務官見習いのウェスタに協力してもらって教科書を刷った。人数分刷るのは難しかったので、一度に授業を受ける人数分と予備を含めて四十冊ずつ刷って使い回すことにした。教科書は版があったので作りやすかった。モモタロウ、花咲か爺さん、カチカチ山、猿蟹合戦――版を保管していたゴルディによればクロノの創作らしいが、登場人物が妙に悲惨な目に遭うのは何故だろう。文字を練習するための砂箱や数字を覚えるための石を用意し――やっとこさ、体裁を整えたのである。

「よろしければ手伝うでありますよ」

「領地が広くなってますます忙しくなるんだ。休みを返上する羽目になるぞ」

廊下側最前列にいたフェイが手伝いを申し出、隣にいたケインが突っ込みを入れる。

「そ、それは困るであります。申し訳ないでありますが……」

「気持ちだけありがたく受け取っておきます。では、授業を始めましょう。昨日は――」

「三十一年前、動乱、終結した」

「蛮族、追い払う」

答えたのはレイラの後ろの席に座っているシロとハイイロだ。支給品の羽根ペンとインク、本を机の上に出している。エラキス侯爵領産の紙で作られた無地の本だ。これに授業の内容を書き込むのだ。

「そうでしたね。内乱期に帝国に侵入した蛮族は敗走を繰り返した後、アレオス山地に放逐されました。彼らは帝国とは異なる文化・信仰を持っています」

「異なる信仰？　六柱神を信仰していないのでありますか？」

「連中は六色の精霊を信仰してんだよ」

フェイの質問に答えたのはケインだ。

「どんな信仰なのでありますか？」

「詳しくは分からねーが、その辺の石ころにも精霊は宿ってるみたいな感じの信仰だ。あと蛮族って呼ばれてるが、こっちがそう呼んでるだけで連中には部族名がある。蛮族って呼ぶとあからさまに機嫌が悪くなるから気を付けろよ」

「ケイン殿は詳しいでありますね」

「そりゃ、傭兵ギルドの前身を作ったのは連中だからな」

「なるほどな～であります」

フェイは感心したように言った。道理で詳しいはずだ。

「ケイン君の言う通り、彼らは六色の精霊を信仰し、部族名を持っています」

「質問をしてよろしいでしょうか？」

「どうぞ」

レイラが手を挙げ、アーサーは頷いた。

「何故、帝国に侵入してきたのですか？」

「元々、彼らは帝国の黎明期に勢力争いに敗れ、北のベテル山脈に逃れた部族です」

「土地を取り戻しにきたということでしょうか？」

「そうなります」

「先程の話を聞く限り、全員がアレオス山地に放逐された訳ではないようですが……」

「いい質問です。話が前後してしまいますが、帝国が蛮族と呼ぶ彼らは北のベテル山脈に逃れた民です。彼らはそこで同盟を結び、諸部族連合を名乗るようになりました。これが傭兵ギルドの前身となります」

一旦、言葉を句切る。

「帝国で内乱が起きた時、諸部族連合内で意見の対立が起きたのです。半数はベテル山脈に留まり、もう半数は帝国に侵入しました。帝国に侵入した半数がアレオス山地に放逐されたという訳ですね。そして、彼らが再侵入してこないように南辺境にクロノ君の御尊父――クロード殿を始めとする八人が貴族として封じられたという訳です」

「ありがとうございます」

レイラは羽根ペンを握り、本に文字を書き始めた。

「意外な所に意外な繋がりがあるみたいな」

「取られたものを取り返そうとして逆にやられるなんてやるせない感じだし」

アリデッドが感心したように、デネブが溜息交じりに言った。

「話を戻しますが、彼らは帝国とは異なる文化・信仰を持っています。当然、その中には魔術も含まれています。もっとも、彼らは呪いと呼んでいますが……」

「どう違うんで？」

「そうですね。マジックアイテムを作る際に粘土板を使うなど細かな点を上げればきりがありませんが、一番の特徴は刻印術ですね」

ミノの質問にアーサーは答えた。

「刻印術は彼らが信仰する六色の精霊と同化する呪法だと言われています。特殊な入れ墨を彫ることで使えるようになるそうです」

「入れ墨って超痛そうだし。痛いのは真っ平ごめんみたいな」

「体を傷ものにするのはちょっとみたいな」

「入れ墨と言っても使用する時だけ浮かび上がるみたいですけどね」

アリデッドとデネブが顔を顰め、アーサーは苦笑した。

「ケイン殿は見たことがあるでありますか？」

「見るも何も諸部族連合の連中と仕事する機会がなかったからな」

「それは何故でありますか？」

「帝国でいえば連中は近衛騎士団所属、俺は一般大隊所属だったんだぜ」

「接点がなさそうでありますね」

「そういうことだ」

フェイが呻くように言うと、ケインは軽く肩を竦めた。

「アーサー先生はどうでありますか？」

「見ただけではなく、実際に戦いましたよ。惨敗でしたが……」

苦笑し、目を細める。三十一年前のことを、戦場を彩る六色の光を思い出す。美しい光景だった。それが自分に死を与える光と分かっていたが、それでも美しいと思った。

「刻印術の効果は、身体能力の強化と色に対応した精霊の力を扱えるようになることですね。たとえば赤は炎、緑は風――」

「むむ、青は水、黄色は土、白は光、黒は闇と見たみたいな」

「六色の精霊という割に組み合わせは六柱神と一緒みたいな」

アーサーの言葉をアリデッドとデネブは遮って言った。レイラが口を開く。

「それほど力があるのに、どうして敗走を重ねることになったのですか？」

「理由は二つあります。一つは彼らの人数がそれほど多くなかったことです。もう一つは食糧の確保を略奪に頼るしかなかったことですね」

「兵力で劣っている上、飯もないんじゃ敗走するしかありやせんね」

「飯もないといえば神聖アルゴ王国から帝国に戻るまで本当にキツかったみたいな」

「腹が減っては戦ができぬという言葉の意味を痛感したし」

ミノ、アリデッド、デネブはしみじみとした口調で言った。

「丘陵地帯で敵騎兵が回り込んできた時もキツかったし」

「馬は侮れないみたいな」

「侮れないのは騎兵であって馬ではないであります」

アリデッドとデネブが溜息を吐くように言い、フェイが唇を尖らせた。

「ってても、実際に馬の機動力は侮れねーからな」

「騎兵の機動力であります、騎兵の」

「分かった分かった」

「むむ、分かってない口調であります」

ケインが利かん坊をあやすように言うと、フェイは不満そうに下唇を突き出した。

その時、アリデッドが叫んだ。

「馬の脅威に曝されたあたしは考えたみたいな！」

「おおッ！　何を考えたのみたいな⁉」

「馬に弓兵が乗れば最強みたいな！　馬の機動力を活かしつつ遠距離攻撃！」

「超無敵みたいな！　ところで、いつ考えたのみたいな？」

「たった今、三十秒くらいでちょろっと考えましたみたいな」

デネブに問い掛けられ、アリデッドは恥ずかしそうに肩を窄めた。

「面白い発想だと思いますが、私達が馬に乗ってもいいのでしょうか？」

「クロノ様なら許してくれると信じてるみたいな」

「馬も九頭余っていることですしみたいな」

レイラは神妙そうにしているが、アリデッドとデネブはあっけらかんとした態度だ。

「『ケイン隊長はどうみたいな？』」

「馬を遊ばせておくのももったいねーし、いいんじゃねーか？」

「……ケイン殿」

「何だよ？」

フェイがぼそっと呟き、ケインは彼女の方を見た。

「ライバルを作らないで欲しいであります」

「そう簡単に抜かれる訳ねーだろ」

「分かってない！　分かってないでありますッ！　ケイン殿は後輩に抜かれる屈辱を分かってないであります！　アリデッド殿とデネブ殿は要領がいいので抜かれそうであります！　『騎兵として使えないんだから厩舎の掃除くらいちゃんとやるみたいな』と言われる未来がまざまざと見えるであります！　先生！　アーサー先生ッ！」

「とりあえず、クロノ君に提案しておきます」

「神は死んだであります！」

フェイは大声で叫び、両手で顔を覆った。

「アーサー先生、あっしもやってみたいことがありやして……」

「何を やりたいんですか？」

「アルコールってヤツを作ってみたいんでさ」

「アルコール？」

「へい、クロノ様が作った燃える水でさ」

アーサーが鸚鵡返しに呟くと、ミノは申し訳なさそうに頭を掻いた。

「分かりました。クロノ君に伝えておきます」

「ありがとうございやす」

ミノがぺこりと頭を下げる。軍学校ではまずありえない授業だが、彼らの発想を活かすことこそ自分の役割ではないだろうかとアーサーは考えた。

※

翌日――アーサーは早めに昼食を切り上げて執務室を訪れた。ノックをして中に入ると、クロノは紙を手に難しそうな顔をしていた。

「クロノ君、どうかしたんですか？」

「シルバの報告書を読んでいたんです。シルバ式立体塩田を設置するのに領民と交渉したらしいんですが、どうもいい返事をもらえなかったらしくて……」

「ああ、それはありそうですね」

アーサーは相槌を打った。シルバ式立体塩田は素晴らしい発明だ。だが、発想が新しすぎる。受け入れてもらうのは難しいだろう。

「それで、どうするつもりですか？」

「一旦、諦めます。今すぐに作らなければいけないものではないですし、まずは興味を持ってもらう所から始めたいと思います」

「どうやって興味を持ってもらうつもりですか？」

「ミノさんの、いえ、港の建設に従事しているミノタウロスやリザードマンに任せようと思います。彼らが塩を作って儲けている所を見れば興味を持つはずです」

「急いでいないのならば試す価値はありそうですね」

「ところで、先生はどうして執務室に？」

「昨日の授業でアリデッド君が新しい兵種について提案してくれたんです。名付けて弓騎兵。名前の通り、弓を装備した騎兵です。もちろん、ケイン君の承諾は得ています」

「ケインが賛成しているのなら僕が反対する理由はないですね」

「それと、ミノ君がアルコールを作りたいと言っていました」

「アルコールを？」

　クロノは驚いたように目を見開いた。

「ワインやビールを蒸留すれば作れますが……。何に使うんだろ？」

「すみません。理由までは聞いていませんでした。それで、どうでしょう？」

「ええ、問題ありません」

　クロノが簡単に許可を出すので、アーサーは拍子抜けしてしまった。

「作り方はゴルディが知っているので彼に聞いてもらえればと思います」

「分かりました」

　アーサーは踵を返し、執務室を後にした。

※

　アーサーは玄関から出ると、ゴルディの工房に向かった。カーン、カーンと工房からは今日も槌を打つ音が響いている。入り口から中を覗くと、ゴルディは職人達を指導していた。視線に気付いたのだろう。ゴルディは振り返り、歩み寄ってきた。

「アーサー先生、どうかしましたかな？」

「実は授業でアルコールを作ることになりまして」

「ああ、蒸留器が必要なのですな。すぐに取ってきますぞ」

ポン、とゴルディは手を叩き、階段を駆け上がった。しばらくして彼は蒸留器――涙滴型の金属器を持って戻ってきた。

「これでアルコールが作れるのですか？」

「そうですぞ」

アーサーはゴルディから蒸留器を受け取り、しげしげと見つめた。涙滴型の蒸留器の先端部分には箱のような部品が取り付けられ、そこから管が下に向かって伸びていた。

「どのように使うのでしょうか？」

「この中にビールやワインを入れて熱すればアルコールが管から出てきますぞ」

「熱するということは屋内では使えないのでしょうか？」

「侯爵邸内では使わない方が無難でしょうな。ああ、そういうことなら……」

ゴルディは再び階段を駆け上がった。今度は金属製の筒を持って戻ってきた。

「携帯用竈ですぞ」

「これは何から何までご丁寧にありがとうございます」

「礼には及びませんぞ」

そう言って、ゴルディは愛嬌のある笑みを浮かべた。改めて工房を見る。武器、防具、農具――色々なものを作っているものだ。

※

夜――アーサーは庭園の片隅に携帯用竈を設置し、火を熾した。

「先生、今日はお早いですねみたいな」

「何をやってるんですかみたいな」

背後から陽気な声が響く。アリデッドとデネブの声だ。二人はアーサーの隣に跪き、竈を見つめた。訓練が終わったばかりなのだろう。土埃に塗れている。

「今日の授業は料理みたいな」

「替わりますみたいな」

「お願いします」

アーサーはデネブと場所を交替し、携帯用竈に蒸留器を設置した。

「「むむ、それは何みたいな？」」

「蒸留器です。中にはワインが入っています」

「「もったいないし！」」

「私も少し惜しいと思いますが、アルコールを抽出するのに必要なんです」

「撤退みたいな！」

「一人にしないで欲しいし！」

アリデッドが逃げ出し、デネブが大声で叫んだ。

「あわわ、いい子ぶるんじゃなかったみたいな！」

「アルコールはそんなに危険なのですか？」

「炎の壁を作り出した超危険物みたいな！」

アーサーは声のした方を見た。すると、アリデッドが花壇の陰から叫んでいた。

「ひ、ひどいし、あんまりだし、まだ死にたくないし」

「そんな危険なものだとは思いませんでした」

デネブが泣きそうな声で言い、アーサーは戦慄した。ふと視線を傾けると、管の先端から滴が垂れそうになっていた。慌ててカップで受け止める。

「何をしているんですか？」

「レイラ、交替して欲しいみたいな！」

デネブが蒸留器を見つめたまま手招きする。レイラはデネブの隣で足を止め、興味深そうに携帯用竈を覗き込んだ。

「交替！　交替みたいなッ！」

「え？　ええ、分かりました」

デネブは交替するとこけつまろびつ花壇の陰に飛び込んだ。レイラは訝しげに眉根を寄せながら薪を携帯用竈にくべる。

「何をしているのですか？」

「アルコールを作っている所です」

レイラは何も言わなかった。無言で薪をくべている。気まずい。その間も管の先端から滴――アルコールが滴り落ちている。まだ少量だ。

「チャンスみたいな！」

アリデッドは叫ぶと花壇の陰から飛び出した。アーサーからカップを奪い取り、火の付いた細い薪をカップに入れた。ボッという音と共に青い光が灯り、すぐに消えた。

「綺麗だけど、ちょっとしょぼいし。お返ししますみたいな」

アリデッドはカップをアーサーに返すと再び花壇の陰に飛び込んだ。溜息を吐き、再びカップでアルコールを受け止める。

「お姉ちゃん、ズルいし」

「デネブもやればいいし」

「それは無理っぽいし」

デネブはレイラを見つめながら呟いた。隣を見る。レイラは無言で薪をくべている。ぴりぴりとした空気を身に纏っている。確かにこれではカップを奪い取れないだろう。近づいた瞬間、捕まるのがオチだ。パチッと薪が爆ぜ――。

「遅れてすいやせん」

「仕事、忙しかった」

「でも、遅刻、変わらない」

「むぅ、遅れてしまったであります」

「街道の警備が長引いたんだから仕方がねーだろ」

ミノ、シロ、ハイイロ、フェイ、ケインがやって来た。

「それはそうでありますが……」

「士官教育も大事だけどよ。それで本職を疎かにする訳にはいかねーだろ。つか、お前は軍学校を卒業してるのにまだ勉強し足りねーのか？」

「軍学校の授業はこんなに楽しくなかったであります」

ケインが呆れたように言うと、フェイは拗ねたように唇を尖らせた。

「軍学校で教えてる内容とは違うのか？」

「全然違うであります。軍学校の授業は剣術や馬術の復習みたいなものであります」

「座学もありますよ、座学も」

「だってよ。座学はどうしたんだよ？」

アーサーがカップでアルコールを受けながら言うと、ケインは質問を投げかけた。

「糧秣の消費量について習ったような、習ってないような……」

「何も覚えてねーのかよ」

「お、覚えているでありますよ。確か……そう！　貴族の心得について学んだでありますッ！　貴族は勇猛果敢に戦い、誇りのために命を懸けなければならないのであります！」

「「絶対に嘘だし」」

フェイが胸を張って言うと、アリデッドとデネブが花壇の陰から突っ込みを入れた。

「嘘じゃないであります！」

「クロノ様の前任者は速攻で逃げ出したし」

「この前も殿を押しつけられたみたいな」

フェイはムッとしたように言ったが、アリデッドとデネブは怠そうに言い返した。

「く、クロノ様は残ったでありますよ」

「クロノ様は特別みたいな～」

「クロノ様は例外みたいな～」

アリデッドは『特別』に、デネブは『例外』に力を込めて言った。

「また溜まってきましたよ」

「「火を付けるし！」」

アーサーが呟くと、アリデッドとデネブは花壇の陰から飛び出した。だが、そのままの姿勢で動きを止めてしまう。レイラが冷ややかな視線を向けたからだ。

「レイラ君、実験を手伝ってもらいましょう」

「……分かりました」

レイラはやや間を置いて答えた。存外、根に持つタイプらしい。いや、危険物を押しつけられたことを思えば順当な対応か。

「アリデッド、デネブ、手伝って下さい」

「火を付けるし！」

「さっきはごめんねみたいな」

レイラが溜息交じりに言うと、アリデッドとデネブはいそいそと近づいてきた。アーサーは別のカップにアルコールを半分ほど注ぎ――。

「どうぞ、デネブ君」

「わ～い、先生ありがとうみたいな」

「うぐぐ、あたしも火を付けたかったし」

カップをデネブに渡すと、アリデッドは口惜しそうに言った。

「アリデッド君はさっき実験をしましたからね」

「それは分かってるけどみたいな」

アリデッドは拗ねたように唇を尖らせたが、それ以上は何も言わなかった。アーサーはカップを地面に置き、管を差し込んだ。立ち上がって携帯用竈から距離を取る。

「カップ設置！　レイラ、火をッ！」

「……どうぞ」

デネブが地面にカップを置いて叫び、レイラが火の付いた枝を渡した。そっと枝を近づけると、ボッという音と共に青い炎が灯った。おお～ッ、と感嘆の声が上がる。

「大将が使った時はもっと派手に燃え上がりやしたが……」

「量の問題かもみたいな」

「量を確保するとなると手間が掛かりますね」

「手間が掛かるのなら油を使った方がいいであります」

「普段から備蓄しときゃいいんじゃねーか」

「ランプの油、代わり」

「でも、値段高い、困る」

ミノ、デネブ、レイラ、フェイ、ケイン、シロ、ハイイロが意見を口にする。生徒が積極的に意見を口にする様子にアーサーは深い満足感を覚えた。その時、ゴッという音が響いた。何事かと振り返ると――。

「ぐッ！　喉が、喉が焼けるみたいなッ！」

アリデッドが喉を押さえ、頽れる所だった。爪先に何かが触れる。反射的に足下を見ると、カップが転がっていた。デネブが駆け寄り、アリデッドを抱き起こす。

「何をしたの⁉」

「…………アルコールを飲んだみたいな」

「危険物って分かってるのに、どうして飲むの⁉」

「好奇心で」

「お姉ちゃんの……馬鹿ッ！」

デネブは一拍置いて叫んだ。

「そんなに怒らなくてもいいみたいな。うぐぐ、体が熱くなってきたし」

「まさか、毒⁉」

「フェイ、神威術だ！」

「合点承知であります！　神様、解毒の奇跡をお願いするでありますッ！」

ケインが叫び、フェイがアリデッドの傍らに跪いて祈りを捧げた。手を翳すと、ゴポゴポと音を立てて闇らしきものが溢れ出した。

「な、何か、そっちの方が毒っぽいし！」

「し、失礼でありますね！」

アリデッドが顔を顰めて言うと、フェイは声を荒らげた。

「何だかお腹が熱いし」

「おい、効いてねーぞ」

「まさか、神威術が効かない毒でありますか⁉」

アリデッドがお腹を押さえ、ケインとフェイは慌てた様子で言った。

「折角、生き延びたのにこんな所で死ぬとは思わなかったし」

「お姉ちゃん、しっかり！　私を一人にしないで！」

「碌でもない人生だったけど、クロノ様に会えて報われたみたいな」

アリデッドは清々しい口調で言った。

「心残りはクロノ様とレイラの子どもの名付け親になれなかったことみたいな。二人の子

どもだからクロレラなんてどうみたいな？」

「却下です」

レイラは突き放すように言った。

「緑っぽい感じで健康そうなのに駄目ですかみたいな？」

「もっとちゃんとした名前を付けて下さい」

「こんな状況なのに雰囲気に流されないとは流石みたいな」

アリデッドは静かに目を閉じた。

「あたしが死んだら本を完成させて欲しいみたいな。あたしの生きた証……」

「止めた方がいいよ。だって、タイトルからして誤字だもん。馬鹿の代名詞として歴史に名前が残るよ。私……馬鹿の代名詞の妹として歴史に名前を残したくないよ」

「誰が馬鹿の代名詞だみたいな！」

デネブが沈痛な面持ちで言うと、アリデッドはガバッと体を起こした。だが、毒が回り始めているのだろう。再び倒れてしまう。おーん、おーん、とシロとハイイロが声を上げた。玄関の扉が開き、クロノが出てきた。こちらに近づいてくる。

「皆、何をしてるの？」

「クロノ様！　大変ですッ！」

「アリデッドがアルコールを飲んじまったんでさッ！」

「スパッと介錯をお願いするであります！」

「あたしを亡き者にしようとしているヤツがいるみたいな！」

レイラ、ミノ、フェイが駆け寄り、アリデッドが悲鳴じみた声を上げた。

「介錯って、アルコールを飲んだくらいで大袈裟な」

「死なないんですかい？」

「アルコールっていうのはお酒の酔っ払う成分だよ。そりゃ、飲み過ぎたら命に関わるけど、ちょっとくらいなら大丈夫だよ」

クロノとアリデッドを除いた全員がホッと息を吐く。

「ほ、本当に死なないみたいな？　朝になったらぽっくりとか嫌だしッ！」

「本当に大丈夫だよ。そんなに心配なら僕も飲んでみようか？」

「そこまでしてもらう必要はないし」

アリデッドは体を起こし、胸を撫で下ろした。

※

翌夜――アーサーは教室に入り、すぐに違和感を覚えた。いつもならアリデッドとデネブが声を掛けてくるのに声を掛けてこなかったのだ。何かあったに違いない。視線を巡らせる。すると、アリデッドとデネブは窓際最後列にぐったりした様子で座っていた。他にケインとフェイがいるが、ミノ、シロ、ハイイロの姿はない。仕事が長引いているのだろうか。教卓の前に立ち、本を置く。

「二人とも大丈夫ですか？」

「せ、背中が痛いし」

「ふ、太股が張ってるし」

声を掛けると、二人は呻くように答えた。ふと窓際最前列――レイラを見る。彼女も憔悴した様子だ。ひょっとして――。

「もう馬術の訓練を始めているのですか？」

「クロノ様から許可を頂いたので」

「すぐに乗れるようになると思ったけど、甘かったし」

「颯爽と馬に乗れると思っていた時期があたしにもありましたみたいな」

アーサーの質問に三人は呻くように答えた。アリデッドが億劫そうに口を開く。

「試したいことがあったのにな～みたいな」

「何を試したかったのみたいな？」

「それは新戦術みたいな」

「それも三十秒くらいでちょろっと考えた感じ？」

「失礼な！　今回は寝る前にちょろっと考えたみたいなッ！」

「五分くらいで寝てそうだし」

「ますます失礼だし！」

アリデッドが声を荒らげるが、デネブは無言だ。沈黙が舞い降り――。

「なんで、何も言わないみたいな？　新戦術を聞きたくないのみたいな？」

「……どんな戦術？」

「神聖アルゴ王国で夜襲を仕掛けた時に開眼した奥義！　その名も『逃げたふり』！」

デネブが面倒臭そうに尋ねると、アリデッドは胸を張って言った。

「まず敵を襲撃します！　当然、敵はあたしらを追ってきます！　敵が追ってきたら適当に戦闘して逃げますみたいな！　逃げて、逃げて……待ち伏せポイントまで誘導！　全員で襲撃！　これで敵は全滅みたいな！　あたしって天才かもみたいなッ！」

うぉぉぉッ！　とアリデッドは拳を高々と掲げるが――。

「馬に乗れるようになるのが先みたいな」

「デネブ、それは言わない約束だし」

デネブが溜息交じりに言う。それで現実に引き戻されたのだろう。アリデッドは寂しそうに呟いた。不意にレイラが溜息を吐いた。

「この調子で馬に乗れるようになるのでしょうか」

「三人とも筋はいいぜ。他の六人もまあまあ筋がいい」

「筋はいいでありますか、そうでありますか」

ケインが苦笑しながら言い、フェイは深々と溜息を吐いた。

「だが、馬に乗りながら弓を使うってなるとな」

「そうでありますね！　馬上で弓を扱うのは難しいでありますね！」

ケインは横目でフェイを見て、溜息を吐いた。

「まあ、なんだ、もうちょい本心は隠そうな」

「……はいであります」

フェイがしょんぼりした様子で返事をしたその時、教室の扉が開いた。

「遅刻してすいやせん」

「毛、焦げた、しょんぼり」

「壺、割れなかった」

ミノ、シロ、ハイイロの三人が教室に入ってきて、アーサーは軽く目を見開いた。

「三人とも焦げてるし！」

「笑っちゃ駄目だし！」

アリデッドがゲラゲラと笑い、デネブが窘めた。アリデッドの言う通り、三人は毛が少し焦げていた。弓騎兵の育成がすでに始まっている点から考えるに三人はアルコールを使った実験をしていたのだろう。ミノ、シロ、ハイイロの三人は気落ちした様子で普段自分が座っている席に着いた。

「さてと、皆さん揃ったことですし、授業を始めましょう」

アーサーは静かに語りかけ、本を開いた。

※

「では、今日の授業はここまでにしておきましょう」

「起立！」

アーサーが本を閉じると、ミノが声を張り上げた。全員が一斉に立ち上がり——。

「気を付け！　礼ッ！」

ミノの号令に従い、右拳を左胸に置く。ケフェウス帝国軍式の敬礼だ。アーサーは背筋を伸ばして返礼した。そのまま数秒姿勢を維持して敬礼を解く。

「皆さん、お疲れ様でした」

「「「「「お疲れ様でした！」」」」」

アーサーは微笑み、本を抱えて教室から出た。背後からばたばた音がするが、出てくる生徒はいない。その代わりに話し声が聞こえてくる。思わず口元が綻ぶ。今日も一日が終わった。あとは家に帰るだけだ。そんなことを考えながら廊下を歩いていると、アリッサに声を掛けられた。

「恐れ入ります」

「何でしょうか？」

「旦那様が相談したいことがあるので執務室にいらして欲しいとのことです」

「……分かりました。すぐに行きます」

アーサーは少し考えた末に答えた。家に帰りたかったからではない。どんな用件なのか気になったからだ。考えても思い当たる節はなかった。ならば直接尋ねた方が早い。階段を登り、四階にある執務室に向かう。扉を叩くと――。

「どうぞ！」

声が響き、アーサーは執務室に入った。クロノは机に向かい、難しそうに眉根を寄せていた。机まであと数歩という距離で足を止める。

「お疲れの所、申し訳ありません」

「構いませんよ。それで、どうかしたんですか？」

「実は、タウル殿(どの)からアレオス山地の蛮族と戦うことになったので協力して欲しいと手紙が届きまして……」

「見せてもらっても？」

「もちろんです」

アーサーはさらに距離を詰(つ)め、クロノから手紙を受け取った。羊皮紙に書かれたものではなく、紙――植物紙に書かれたものだ。おかしい。帝国では羊皮紙に書かれた文書だけが正式なものと見なされる。戦いに協力して欲しいとしながら手紙を寄越(よこ)すなんて有り得ない。文章を読み、思わず声を上げそうになった。

そこにはタウルの息子(むすこ)ガウルが蛮族討伐(とうばつ)の命を受けて南辺境に派遣(はけん)された旨(むね)が記されていた。要するに息子が心配だからクロノに手伝って欲しいと頼(たの)んでいるのだ。なるほど、わざわざ手紙にしたのはクロノに断る余地を残すためか。

「どう思いますか？」

「タウルに他意はないと思いますよ。ただ、私が帝都にいた頃には蛮族討伐の噂さえ流れていなかったので何か裏があるのではないかと勘繰ってしまいますね」

「そうですね」

クロノは思案するように腕を組んだ。

「不安を感じているのなら断るのも手だと思いますよ。そのためにタウルはわざわざ手紙を送ってきたのですから」

「そうしたいのはやまやまなんですが、タウル殿には恩がありますから」

タウル、とアーサーは内心溜息を吐いた。気持ちは分からなくもないが、これではクロノから選択肢を奪っただけだ。

※

こうして、クロノは再び戦場に赴くことになった。

終章『南辺境へ』

帝国暦四三一年五月 上旬――クロノは畑を見つめた。ハシェルの南に広がる畑だ。細い木と可愛らしい緑の葉が地面から生えている。紙の原材料になる木とビートだ。

「収穫はいつ頃かな」

「十月になります」

隣を見ると、シオンが立っていた。どうかしましたか？　と言うように首を傾げる。

「クローバーの栽培は順調？」

「順調です。ただ、クローバーを食べさせると家畜の育ちや乳の出がよくなるという噂が流れていて。私はそこまで検証していなくて……」

「いいことが起きたんだから気にしなくていいよ」

申し訳なさそうに肩を窄めるシオンにクロノはできるだけ優しく声を掛けた。

畑の地力が回復するばかりか、家畜の飼育にも役立つのだ。

これだけメリットがあれば進んで休耕地でクローバーを栽培することだろう。

クロノ様、と呼ばれて振り返る。すると、そこには鎧姿のレイラが立っていた。手にしているのは短めの機工弓――馬上で扱いやすいように開発されたものだ。そう、レイラは弓兵から弓騎兵へ華麗な転身を遂げたのだ。

「出発の準備が整いました」

「分かった。シオンさん、畑の管理と救貧院の経営をよろしくね」

「任せて下さい」

シオンが頷き、クロノは足を踏み出した。レイラに先導されて城門に辿り着く。城門の近くには箱馬車が一台、幌馬車が十台止まっていた。

幌馬車に乗っているのはタイガに率いられた歩兵四十名、弓兵十名だ。

その周辺にはフェイを始めとする四騎の騎兵と誰も乗っていない馬がいる。

「クロノ様、私はここで」

「頑張ってね」

「はい！」

レイラは嬉しそうに言って誰も乗っていない馬に向かった。鐙に足を掛け、飛び乗る。

この二週間、血の滲むような努力をしていたのは知っている。

だが、たった二週間で戦闘がこなせるまでにならなくてもいいんじゃないかと思う。

クロノは溜息を吐き、箱馬車に向かった。すると、御者（ぎょしゃ）席のサップが声を掛けてきた。

「今回も俺（おれ）が御者を務めさせて頂きやす」

「サップ、よろしくね」

「へい、お願いされやした」

箱馬車に乗り込むと、女将（おかみ）が座席に座っていた。また露出度（ろしゅつど）が低くなっている。

「なんで、そんなに残念そうな顔をするんだい？」

「だって、露出度が下がってるんだもの」

「久しぶりの里帰りなんだからおめかしくらいさせとくれよ」

クロノは女将の隣に座った。

「女将の家族、驚（おどろ）くよね」

「そりゃ、男を追って家を飛び出した娘（むすめ）が未亡人になって戻りゃ驚くさ」

「いや、そうじゃなくて……。僕の愛人って知ったら驚くよね」

ぐッ、と女将は呻（うめ）いた。しばらくして箱馬車が動き出した。

番外編 『花の都』

独立暦四三一年五月上旬――エレインは書簡を書き終えると羽根ペンを置いた。あとはインクが乾くのを待ち、筒状に丸めて封蝋を施すだけだ。だが、インクが乾くまで間がある。イスから立ち上がり、窓に歩み寄る。

執務室のある三階の窓から見えるのは寂れた港と海だ。自由都市国家群ヴィオラ――エレインが本拠地とする街だ。執務室の窓が海側にあって幸運だった、と思う。もし、街側にあったら外の景色を見ようとは思わなかっただろう。

ヴィオラが活気づくのは夕方以降、それまで街は半ば眠ったような状態だ。寂れた港ならまだしも寂れた街を見ても虚しくなるだけだ。散々、苦労して手に入れた風景がこの程度と見せつけられるのは堪らない。

自由都市国家群ではどんな身分の者でも金さえあれば贅沢な生活ができ、どんな身分の者でも才能さえあれば出世できるとされる。お笑いだ。どんな国だって金があれば贅沢できるだろうし、才能があれば出世できるだろう。

結局、自由都市国家群も他の国と変わらないのだ。農民は不作でも税を取り立てられるし、生活が困窮すれば口減らしを迫られる。口減らし――そんな何処にでも転がっていそうな理由でエレインは十五歳の時に住んでいた村を出た。

その時、両親は幾ばくかの金を渡してくれた。それが親心だったのか、子どもを捨てた訳ではないと言い聞かせたかっただけなのか今でも分からない。だが、その金が行動の基準になったのは間違いない。

手元に金が残っている内に生活の基盤を整えなければならない。そんな理由からヴィオラで職探しをすることにした。こんな大きな街なら簡単に仕事にありつけるに違いないとエレインは呑気に考えていた。当然というべきか、職探しは難航した。街自体が衰退していたこともあるが、コネも、学も、誇れるような特技もない。ないない尽くしの田舎娘が職にありつけるほど世の中は甘くなかったのだ。

あっという間に金を使い果たし、選択を迫られることになった。物乞いになるか、奴隷になるか、娼婦になるかの選択だ。エレインは悩んだ末に娼婦になることを選んだ。他の二つに比べてまだ未来があるように思えたのだ。幸いにも勤めた娼館は真っ当だった。少なくとも給料はきちんと支払われ、理由もなく暴力を振るわれることもなかった。

とはいえ最初の数ヶ月は辛かった。何度も泣いたし、何度も村に帰りたいと思った。だが、半年が過ぎる頃にはそれもなくなり、先輩娼婦を注意深く観察するようになった。そして、上客を掴むためには教養が必要だと気付いた。

しかし、それが分かってもなかなか行動に移せなかった。教養を身に付けるには少なくない金額が必要だったし、上客を掴める保証がなかったからだ。一種の賭けだ。エレインは悩んだ末に教養を身に付けることにした。元々、明日の保証のない世界だ。それに一つくらい盗まれたり、失ったりしないものを手に入れたいと思ったのだ。今にして思えば投資の概念を理解したのはこの頃だったように思う。

こうして教養を身に付けたが、劇的に何かが変わったということはなかった。変化を挙げるとすれば客層が若干よくなったくらいか。上客は掴めなかったが、金と努力に見合うだけの教養を手に入れた。そんな風に自分を慰めながら仕事をこなしていたある日、転機が訪れた。ある客に別の客から聞いた話を伝えた所、エレインのもとに足繁く通ってくるようになったのだ。エレインを抱くためではない。情報を買うためだ。

情報が価値を持つと理解してからはトントン拍子だった。エレインは教養のある娼婦として権力者や有力な商人に近づき、ちょっとした情報を無償で提供した。彼らは幾ばくかの利益を得て、エレインのもとに情報を仕入れにくるようになった。全て、エレインの思惑通りだった。自然と彼らの集いに顔を出す機会も増えた。後輩の面倒も見た。善意からではない。より広範囲の情報を集めるために手駒が必要だったのだ。

人脈を広げ、情報網を築き、大金を手に入れ——十年が過ぎた頃、ヴィオラの街を掌握していた。ソークが接触してきたのはこの頃だ。態度は気に入らなかったが、見返りはあった。他の街に店を構えるのが楽になった。それを考えれば割のいい仕事だった。

「……ことあるごとに娼婦だって見下されなければね」

小さく吐き捨てたその時、トントンという音が響いた。扉を叩く音だ。黙って外を見ていると、扉が開いた。扉を開けたのは眠そうな目をした女だった。勤めていた娼館の後輩でシアナという。

「失礼します。シフ様がいらっしゃっています」

「何か言ってた？」

「お話をしたいとのことでしたので、応接室でお待ち頂いております」

「そういう意味じゃないわよ」

エレインが溜息交じりに言うと、シアナは小首を傾げた。どんな用件なのか聞いて欲しかったが、彼女にはそういう所がある。痒い所に手が届かないのだ。

「お忙しいようでしたらお帰り頂きますが？」

「大丈夫、行くわ」

エレインは小さく溜息を吐き、歩き出した。

※

エレインがシアナに先導されて応接室に入ると、シフは落ち着き払(はら)った様子でソファーに座っていた。武器は持っていない。受付に預けたのだろう。

「待たせたわね」

「それほど待っていない」

エレインはシフの対面のソファーに腰(こし)を下ろした。シアナはエレインの隣に立つ。シフがチラリと彼女に視線を向ける。警戒(けいかい)しているのだろうか。

「娼館の応接室だからベッドでもあると思った？」

「そんなことは考えていない」

わざと的外れな質問をする。気分を害するかと思ったが、シフは落ち着いた様子で答えた。視線はエレインに向けられている。

「落ち着いた雰囲気の応接室だ」

「あら、ありがとう。誉(ほ)めてくれて嬉しいわ」

エレインは正直な気持ちを口にした。落ち着いた雰囲気になるように苦心したのだ。

「話をしたいということだったけれど、どんな話をしたいの？」

「そのことだが……」

シフは懐から小さな革袋を取り出すとテーブルに置いた。開けてもいいかしら？　と視線を向けると、シフは静かに頷いた。革袋を手に取る。ずっしりと重い。紐を緩めて中を覗き込むと、金の粒が入っていた。紐を締め、革袋をテーブルに置く。

「それでエラキス侯爵と彼の領地について知りたい」

「ソークに伝えた通りよ。エラキス侯爵はエロガキで、それ以外は報告書に書いた通り。だから、これはお返しするわ」

テーブルの中央に革袋を移動させるが、シフは受け取ろうとしなかった。

「我々は協力できるはずだ」

「協力？　何のことかしら？」

「商会、いや、商業ギルドを立ち上げようとしているのだろう？」

「違うわ」

エレインは否定した。嘘は吐いていない。もうカブシキガイシャ――シナー貿易組合を立ち上げている。組合の権利を担保にしてクロノから金貨一万枚を手に入れ、営業許可も受けている。店舗こそないが、シナー貿易組合は存在しているのだ。

不意にシフが手を組み、前傾になる。

「我々――諸部族連合は豊かな土地に移り住みたいと考えている」

「いきなりすごいことを言うわね」

「意外か？」

「タイミングは意外だったけど、言っていることは意外でも何でもないわ」

諸部族連合が本拠地としているベテル山脈は耕作に適した土地が少ない。そのため傭兵業でたつきを得ている訳だが、シフはこの状況に危惧を抱いているのだろう。

「でも、どうしてこのタイミングなのかしら？」

「我々の利害は対立していないということを伝えたかった。それに、何も言わずに信用してもらえると思うほど俺はおめでたくない」

「……そうね」

エレインはやや間を置いて答えた。

「それで、どんな風に協力してくれるのかしら？」

「職人、いや、元職人の斡旋だ」

ふ～ん、と相槌を打ち、脚を組んだ。思っていたよりも早く職人を囲い込もうとしてい

るのが露見してしまった。シフが知っているくらいだ。ソーク達も情報を掴んでいるはずだ。ならば協力してもらった方がいいだろう。

「あとは傭兵ギルドに所属する傭兵にお前の邪魔をさせないと誓う」

「傭兵を雇う以外の方法で妨害をしてきたら？」

「できる限りフォローする。もちろん、それ以外のことも可能な限り協力する」

「いいわ。お互いの利益のために協力しましょ。それで、貴方の要求は？」

「エラキス侯爵への仲介を頼みたい」

「仲介だけでいいの？」

「ああ、そこから先は自分で交渉する」

「分かったわ。それなら約束できる。これで話し合いは終了ね」

「まだエラキス侯爵と彼の領地について聞いていない」

エレインが話を切り上げようとすると、シフは溜息を吐くように言った。

「どんな男だ？」

「さっきも言った通りエロガキよ。けど、それなりに分別はあるし、若い割に駆け引きも心得ている。それと、時々ぞっとするほど冷たい目をするわ」

「先の戦争では『隻眼の悪魔』と呼ばれたらしいが、その名に恥じぬ男ということか」

「父親は殺戮者で、息子は悪魔、きっと孫は魔王ね」

シフが神妙な面持ちで呟き、エレインは笑った。

「領地の様子は？」

「目に見えて浮浪者の数は減ったし、治安も向上しているわ。開拓や産業の育成にも力を入れてる。概ね善政を敷いていると言っていいんじゃないかしら。ああ、そういえば今は港を作ってるわね」

「お前が商業ギルドを立ち上げようとしているのはそれが理由か」

「立ち上げようとしているんじゃなくて立ち上げたの」

シフが驚いたように目を見開き、エレインはくすくすと笑った。

「やはり、話を聞いておいてよかった」

「どうして？」

「報告書に記載されていないことが多々あったからだ」

エレインが尋ねると、シフはわずかに口の端を歪めた。

※

昼――エレインは昼食を食べ終えると外に出た。用事があった訳ではない。ここしばらく執務室に籠もっていたので気分転換を図りたかったのだ。港に行き、停泊している五隻の船を見つめる。五隻ともシナー貿易組合の船だ。

船は樽をスマートにしたような形状をしている。荷を積める量が多く、少人数で扱えるのが特徴だ。船首と船の真ん中にマストが立っている。今は畳んでいるが、マストに張るのは三角形の帆だ。元々は南方の技術で、風向きに合わせて帆の角度を調節することで向かい風の中でも進めるらしい。

残念ながら五隻とも中古だ。本当は新しい船が欲しかった。だが、新造すると一隻金貨千枚はすると言われ、中古で我慢することにしたのだ。購入額は一隻金貨七百枚。金額相応の価値があると信じたいが――。

「船のことも勉強しておけばよかったわ」

エレインは小さく呟き、手の甲で目を擦った。目がしょぼしょぼする。生活のリズムを夜型から昼型に切り替えたばかりだからだろう。眠くて仕方がない。

そういえば職人に戻った部下も同じようなことを言っていた。腕が鈍っていると嘆く者がいた。また職人に戻れると噎び泣く者がいた。今更と吐き捨てる者もいた。だが、彼女達はかつての技量を取り戻そうと必死の努力をしている。

「……エレイン様」

「どうしたの？」

名前を呼ばれて振(ふ)り返ると、シアナが立っていた。相変わらず眠そうな目をしている。

「材料の仕入れが滞(とどこお)り始めています。現在、注文した七割しか届いていません。料金を上乗せすれば注文通り納めると言ってますが――」

「突っぱねなさい」

「はい、分かりました」

シアナは小さく頷き、エレインに背を向けて歩き出した。

「まったく、分かり易(やす)い爺(じい)さん達ね」

「おお！　エレイン殿ッ！」

吐き捨てた直後、背後から声が響いた。振り返ると、アルジャインが駆け寄ってくる所だった。だが、エレインのもとに辿り着くことなく力尽(ちからつ)きた。仕方なく歩み寄る。

「お店で待っててくれればよかったのに……」

「い……そ…………って……」

「無理に話さなくていいわ」

アルジャインの口から漏(も)れるのは喘鳴(ぜんめい)と言葉の切(き)れ端(はし)だけだ。無理に話したら死にかねない。呼吸が落ち着くのを待つ。五分ほど経ち、ようやく呼吸が整った。

「どう――」

「エレイン殿が難儀していると聞きまして、不足分の材料を届けに来た次第です。いやいや、迷惑は重々承知ですので、今回は特別サービスでご奉仕させて頂きます」

　エレインの言葉を遮り、アルジャインは捲し立てるように言った。まったく、いいタイミングで現れる。一体、どうやって嗅ぎ付けたのだろう。

「つきましては――」

「エラキス侯爵に仲介して欲しいなら同業者に頼んだ方がいいんじゃないかしら？」

　エレインはアルジャインの言葉を遮った。エラキス侯爵領には多くの奴隷商人が出入りしている。わざわざエレインに借りを作る必要はない。

「それも頼みたいのですが、ヴィオラの港を使わせて頂きたいと思いましてな。ご存じだと思いますが、私どもが拠点としているのはベテル山脈の近く。ソーク殿達にも相談はしておったのですが……」

「あら、そうだったの」

　エレインは気の毒そうな態度を装って言った。もちろん、アルジャインが口にしたことは全て知っている。港を使わせてもらえず陸路での交易を強いられていることもだ。

「私も協力したいけど……」

「もちろん、無料でとは申しません。港を使わせてもらうからには常識的な範囲内で使用料をと考えております。差し出がましいことかと思いますが、エレイン殿が進められている事業にも協力は惜しみませんぞ」

「協力してくれるなんて嬉しいわ。でも、ここじゃ落ち着いて話せないから……」

「では、エレイン殿の店に参りましょう」

エレインの言葉にアルジャインは大きく頷いた。

※

深夜――エレインは湯浴みを終え、店の三階にある自室に戻った。ふらふらとベッドに歩み寄り、倒れ込む。アルジャインとの交渉は数時間に及んだ。雑談を交え、落とし処を見極めながらの交渉だった。

「これで材料の件は片付いたわね。問題はあの二人が何処まで信用できるかだけど……」

エレインは俯せになったまま呟いた。クロノの愛人に収まっていればもう少し安心できた。実質的な力が何一つないとしても余人はそう考えない。勝手に想像を巡らせ、裏切りを躊躇ってくれる。貴族の愛人とは恵まれた存在なのだ。

あの娘はどれだけ自分が恵まれているか理解していないようだったけど、とエレインは仰向けになってお腹の上で手を組んだ。

「……娼婦のくせに気安いか」

天井を見上げたまま呟く。今でこそ奴隷だが、エレナは恵まれた人生を送ってきた人間だ。そんな人間が娼婦という職業にいい感情を抱かないことは理解できる。だが、何の取り柄もない田舎娘に何ができただろう。

今までのことを思い出す。生意気だと先輩娼婦に折檻されたこともあるし、愛想が悪いと客に殴られたこともある。ちょっと優しくしてくれた男に惚れて手ひどく振られたこともある。嫌な思い出を数え上げたらきりがない。それでも、必死に生きてきた。歯を食い縛って、涙を堪えて、幸せは自分に縁がないものだと言い聞かせて――。

真っ当に生きてきた人間にはエレインの生き方はひどく歪で滑稽なものに見えることだろう。自分でもそう思うことがあるが、生き方に誇りを持っていると胸を張る。そうしなければこれまで犠牲にしてきたもの、こんな自分に付いてきてくれる皆に申し訳ない。

「ちょっと、疲れてるわね」

ベッドに横になったせいか、疲労感が押し寄せて目を開けているのも億劫になる。布団に潜り込んで目を閉じる。バタバタと下の階で音がしたが、すぐに静かになった。

※

翌朝――エレインが身だしなみを整えて階段を下りると、下働きの少女が丹念に床を掃除していた。窓を開け放っても残る鉄臭さと青ざめた少女の顔から何が起きたのか、エレインはすぐに理解した。

「……ご苦労様」

短く告げて一階へ、さらに地下へと降りた。マジックアイテム特有の白々とした光が通路を照らしている。エレインは足下に注意しながら一番奥の部屋に向かった。錆びたような臭いが鼻腔を、くぐもった悲鳴のようなものが耳朶を刺激する。そして、それらは部屋に近づくにつれて強くなっていく。

エレインが部屋に入ると、男がイスに座っていた。猿轡をされ、革製のベルトで手足をイスに固定されている。被虐趣味の客が変態行為に及んでいる訳ではない。その証拠に彼の隣に置かれた机の上には歯と爪が並んでいる。

「エレイン様、おはようございます」

「ええ、おはよう」

カチカチとペンチを鳴らすシアナに挨拶を返す。

「続けていいわよ」

「あまり長く苦痛を味わわせると、感覚が麻痺します」

シアナは血塗れのペンチを机に置き、眠たそうに目を擦った。

「で、何人だったの？」

「三人でした。一人いれば十分だと思ったので、二人は始末しました」

エレインはイスに座り、脚を組んだ。

「誰に依頼されたのかしら？」

「存外、口が堅く」

エレインが視線を向けると、男は否定するように首を振った。恐らく、彼は誰に依頼されたか白状したのだろう。もっとも、その真偽を判断する術はない。だから、シアナは拷問を続けている。

「仕事もあるので、始末しようと思います」

「そうね。やり方は貴方に任せるわ」

エレインが外に出ると、桶の水をぶちまけたような音とくぐもった悲鳴が聞こえた。

楽にしてやるという意味ではなかったようだ。

「爺さん達の差し金だと思うけれど、足並みが揃ってないわね」

エレインは通路を歩きながら小さく呟いた。カド伯爵領に港が建設された後のことを考えているのか。シフとアルジャインに裏切られて焦っているのか。何にせよ、てんでばらばらに動いているのなら抗いようはある。

「やっぱり、私の目は確かだったわね」

エレインはくすくすと笑った。盤石だと思っていた爺さん――自由都市国家群の重鎮達の結束が揺らいでいる。それも自分が見込んだ男によって。笑みの一つもこぼれるというものだ。もっとも、笑ってばかりはいられない。クロノは再び戦場に赴いた。彼が生きて帰ってこなかったらおしまいだ。

「……生きて帰ってきなさいよ」

エレインは小さく呟いた。神には祈らない。自身の願いが祈りと呼ぶにはあまりに利己的だと分かっていたからだ。

あとがき

このたびは「クロの戦記6　異世界転移した僕が最強なのはベッドの上だけのようです」をご購入頂き、ありがとうございます。今まさに書店であとがきをご覧になっている方はそっとレジにお持ち頂ければと思います。

さて、6巻の表紙はレイラさんとなっております。ご存じの方もいらっしゃるかと思いますが、まずは説明を。昨年12月に「クロの戦記」ヒロイン投票キャンペーンを行いました。こちらは1位を獲得したヒロインは第6巻の表紙に、1〜3位を獲得したヒロインは書き下ろしSS、さらに参加して下さった方の中から抽選で5名様にむつみ先生描き下ろし色紙をプレゼントというキャンペーンでした。

投票の結果、レイラさんが見事に1位を獲得し、再び表紙を飾りました。ちなみに書き下ろしSSはホビージャパン様が運営している小説投稿サイト「ノベルアップ+」の公式コンテンツとして公開されておりますので、アクセスして頂ければと思います。気合いを入れて書いたので楽しんで頂けると嬉しいです。

続いて6巻の内容についてですが、本巻はクロノが南辺境に旅立つまで、内政パートがメインになっています。エレナ視点の幕間あり、エレイン視点の番外編ありの豪華仕様です。もちろん、肌色シーンも頑張りました。前巻では捕食者ぶりを遺憾なく発揮していたティリアさんでしたが、今巻では――。まあ、自分が狩られる側だと理解すればクロノも対抗手段くらい用意しますよね。人間は道具で強さを補える生き物なのです。

ここからは謝辞を。本作を応援して下さる皆様、ありがとうございます。皆様のお陰で6巻をお届けすることができました。これからも皆様の期待に応えられるように頑張っていきたいと思います。

担当S様、いつもお力添え、ありがとうございます。今回は色々とお手数をお掛けして申し訳ございませんでした。むつみまさと先生、いつも素敵なイラストをありがとうございます。キャンペーンの描き下ろしイラスト、堪能させて頂きました。

最後に宣伝となります。少年エースｐｌｕｓ様で連載中・漫画版「クロの戦記　異世界転移した僕が最強なのはベッドの上だけのようです」第1巻大好評発売中であります。白瀬先生の描く可愛いレイラさんとクロノのラブ、そして、六柱神に関する神話の一節がご覧になれますぞ。

HJ文庫 http://www.hobbyjapan.co.jp/hjbunko/
933

クロの戦記6

異世界転移した僕が最強なのはベッドの上だけのようです

2021年5月1日　初版発行

著者――サイトウアユム

発行者―松下大介
発行所―株式会社ホビージャパン

〒151-0053
東京都渋谷区代々木2-15-8
電話　03(5304)7604（編集）
　　　03(5304)9112（営業）

印刷所――大日本印刷株式会社

装丁――木村デザイン・ラボ／株式会社エストール

ISBN978-4-7986-2476-1　C0193

ファンレター、作品のご感想お待ちしております

〒151－0053　東京都渋谷区代々木2－15－8
(株)ホビージャパン HJ文庫編集部 気付
サイトウアユム 先生／むつみまさと 先生

アンケートはWeb上にて受け付けております

https://questant.jp/q/hjbunko

- 一部対応していない端末があります。
- サイトへのアクセスにかかる通信費はご負担ください。
- 中学生以下の方は、保護者の了承を得てからご回答ください。
- ご回答頂けた方の中から抽選で毎月10名様に、HJ文庫オリジナルグッズをお贈りいたします。